书同 胡竹峰 ◎ 编

章衣萍集

小说卷

北京师范大学出版集团
安徽大学出版社

目 录
CONTENTS

1 | 出版说明

情书一束

3 | 初版自序

5 | 桃色的衣裳

✻ | 红迹（存目）

65 | 第一个恋人

80 | 爱丽

92 | 阿莲

110 | 从你走后

❀ | 松萝山下（存目）
118 | 你教我怎么办呢

衣萍小说选

133 | 我怎样写小说（序）
135 | 暮春之夜
167 | 小娇娘
189 | 初恋
199 | 阿顺
❀ | 花小姐（存目）
212 | 大学教授
217 | 赌徒李三

225 | **编后记**

出版说明
FOREWORD

　　章衣萍先生是民国时期较有影响的皖籍（安徽绩溪）作家，其小说创作以爱情题材为主，代表作《情书一束》当年一经出版就风靡一时。

　　章氏小说创作深受"五四"新文化运动影响，真实而又大胆地记录了"五四"之后十多年间中国社会的变迁，尤其对青年一代的爱情生活有着相当深入的具体表现。这其中既体现了变革时期青年人冲破传统社会规范的奋斗与挣扎，也有为建立新的生活观念、生活方式的摸索与尝试，更有作者处在时代大转型时期的困惑与思考。其创作无论在题材内容，还是在思想取向、艺术手法方面,都真实地展示了"五四"新文学的时代特质,具有重要的文学史意义。

但值得特别指出的是,章氏小说在弘扬"五四"时代人的解放与文学创新的精神的同时,也存在着流于自然主义和低级趣味的缺点。其小说的个别章节甚至不乏某些畸形的男女关系的描述。因此我们选编时做了一定程度的删节。

由于著者与我们所处的社会时代不同,视角与思想观念不同,小说又属文学创作范畴,读书界完全懂得要用正确的分析态度去读这些作品,汲取于我们有用的精华,剔除其不时宜的糟粕,这一点也无需我们多说。

限于编辑水平,难免存在错漏之处,欢迎读者批评指正。

情书一束

初版自序

春光已经渐老了罢，而我的这册小书，终于能够出版，在这炮火刚熄的地方，虽然眼前还弥漫着号泣呼救的声音。然而只要关起大门，有我自己产生的这册小书在我的身前，也可空虚地聊慰自己的寂寞罢。

然而关上大门，却有我自己的难堪的苦痛，毒蛇般的缠在我的心上。

就在这书付印的时节，我的神经衰弱症就开始了。就在这书印成小半的时节，我的祖传的目疾又复发了。从寒冬以迄现在，而我乃每日忙碌于奔走医院之门。

然而病魔之压我，不仅于我自己的身，且及我的最亲爱的伴侣，就在这书印成大半的时节，我的曙天又患着重疾进了医院去了。

唉，唉，我把我的这册小书放在身前，而替我校读改正的勤苦伴侣，却已经在医院的病榻上呻吟着了。唉，唉，我将从何处去告诉我的浅薄的收获的痛苦与喜悦呢？

而且在这样纷扰的人间，我的这册小书的忽然出版，正可谓毫无意义。

让爱情关在心里，把相思放在梦里，教爱人藏在家里罢。朋友们，这不是青年们的恋爱时候！

我的著作本不足以供太平世界的公子小姐们酒后茶余的消遣的。只有深刻地在情场里打过滚的人，或者能略略地理会我的真心罢。然而，就是现在，谁有那样的闲暇与心情呢？

我不是文学家，所以这书出版后，世人对于它的毁誉，我全不计较。像我这样无能而且"地位很低"的人，世间的侮辱欺凌，正如太阳的光热一般，何地不饱受其恩惠。至如意外之誉，我曾对朋友K君表示我的意思过：就是眼前有人恭维我为文学家，或者后世竟有荒谬绝伦的人将我扯入什么文学史，那样空虚的无意义的荣华，在我看来，远不如我的亲爱的人的脸上吃得胖些为有趣味！

暮春　衣萍

桃色的衣裳

我费了许多心力和时间，将菊华和逸敏的残稿整理出来，即以付印。上篇为菊华的信，下篇为逸敏的日记。呜呼，原稿模糊杂乱，不能卒读。经我整理以后，谁还能看得出我的补写的痕迹，与原稿的真面目呢？菊华？逸敏？是耶？非耶？留待后世考据家的考证可耳。

呵，你们忠诚的读者呵，假如你们心中能得着一些婉转凄切的影子，那就是原稿的灵魂吧，望你们珍重！

一

可爱的朋友：

你果然能够"解脱"了么？你的"解脱"一诗，凄凉而且多情，真是令人一唱三叹，不忍卒读呢！爱情好像撒种，有时种子难免撒在石头上，有时风雨不顺，或者害虫为虐，收成便没有希望了。我从你给我的许多信中，知道你和她的恋爱的经过情形，看出你是一个爱情田中的勤苦农夫。你对于她的深刻的恋爱是可歌可泣的。然而你终于失恋了！爱情是不能买预约券的，了解这层也可自慰些吧！

昨天我正腰痛，小婢珠儿和邻家的姑娘们又围着要我说笑话。我胸中的新愁旧恨正不知如何遣去，所以便和伊们强笑当哭地鬼混了。你的诗便是那时寄来的，我接着你的诗便一个人到房里关起门来诵读。珠儿和几个小姑娘都不住地怨邮差多事呢。

我现在还应该对你说，一个人由得恋而失恋，精神自然要颓唐些。其实失恋的人生，也是有意义而有趣味的。你自己应该怎样珍重自己是不用多说了。我认自己可以作你的精神上的安慰者,别的,我现在不敢说呀!

> 你爱的朋友
> 三月九日

二

可爱的朋友:

你寄给我的几本书都收到了。我因为久病心情委顿,环境又十分不佳,所以看书的兴趣也渐渐减少了。每天只是和小姑娘们谈几句闲天,或者阅几张小报完事。我的生命一天天的向沉沦方面走去,自己实在无法挽救了。承你的好意屡次函慰我,字字从心坎中出来的忠言,可爱的,我一定努力自拔——但是如何能够呀!

我爱的朋友,我三夜不曾合眼了,想遍了床头也,望遍了床角也,真不知如何自慰慰人呀!我心境上常有突然而来的欢喜,当我闯入苦境的时候,大约是个飘渺的梦境吧。我心境上常有突然而来的恐怖,当我得到乐境的时候。要说仍然是梦境,何以恐怖却常在眼前摇曳呢?

我爱的朋友,你永远是我所爱的,我放胆地说了,你相信吗？

你说："这次的失恋，受的刺激的确太大了。"真的，刺激足以损失人的精神，颓唐人的健康，然而也未始不是一种实际的学问。沉溺在刺激的波浪里的人，遇着风浪过大时，往往自己感到承受不住。实际是领略真实的人生，生命的真意味，只有经过了刺激的最高潮的人，才能体味得到呀！

我想说的话竟像海岸一般的无涯无际的冗长，现在姑且留着，下次再谈吧。我要去睡了，望你到梦中去等着我。

你爱的朋友
三月十一日

三

我的好人：

你对我竟要求……可爱的，你真是一个小孩，未免太急切了吧！你应该想想，像我这样一个病人，如何暂时便担得起你的深重的爱，担得起你的珍重的生命呀！几夜不曾安睡的我，不过得到一些甜蜜的安慰的梦吧。你不要笑我，我梦见我又病在床上，可爱的你却坐在我的床边，你的脸庞正同你寄给我的相片一般妩媚。你的呼吸比麝香还要香，你的脸比桃花还要好看，你的手比芍药还要美丽。你仿佛嘻笑顽皮地拥抱着我，要我吃药，我倒在你的怀中，只是撒娇撒痴地不肯吃。你拿了一块糖果放在我的口中，要把药水硬灌下去。我没有法子，便用手呵你的腋下怕痒的地方。你哈哈一笑，将一碗药水完全泼在我的身上。外面妈妈跳进来骂："闹些什么！"我吃了一惊，也就醒了。我爱的，我醒来望见房内漆黑，窗外三五晓星，在天上闪烁，外房内妈妈的鼾息声，也隐约可闻。我爱的，这是一个梦中的情景呀，假如是一个实在的情景，我却要害羞，十二分地害羞了！

我因为病久了，所以自己有时也忘记了自己是病人；但这番为了你，我又时时刻刻地挂念着我的病了。我的身上的病不知道何日可愈，但是至爱的，妈妈不久要到我房里来，我只好不写了，你且耐心等着吧。望你为了我而珍重你的身体！

　　　　　　　　　　　　　　你的好人
　　　　　　　　　　　　　　三月十五日

四

我爱的：

等了这样悠久的日期才真真地看着你的信，我是如何的焦急而欣慰呀！

你又有一点不舒服，我也因为这样一天一天不接着你的信，正在胡思乱想地猜着呢。你已经痊愈了吗？真的，那么我也可以放心了。

我近来因为两个难解的问题攻着我的心，所以晚上又不时发烧了。我的妈妈也十分忧愁。我爱的，假如我的心中没有可爱的你的希望和梦想呀，我想我早应该离开这麻烦的世界，走入那冷酷的坟墓了！

我爱的，我没有一件事不愿意对你老实说呀。你为了我前信没有同你说明的事十二分着急，我也深深地感谢你的浓情与厚意了。但是我想说的话，正是长江一般的无涯无际地冗长呀，我从什么地方同你说起呢？我的境遇这般恶劣，我不能埋怨上帝，只有痛恨我自己的运命吧！

这是上前天的晚上，妈妈们都静悄地睡熟了，我一个人偷偷地起来,点着灯儿,想把心中的话尽情告诉。刚提笔写下了"我爱的"三个字,没来由的一阵心酸,眼泪便忍不住的滔滔地滚下来,我便无论如何也写不下去了。那天晚上我发了一晚的烧,直到第二天的午间才好。

我爱的,我是一个有了婚约的人,这件事当使你十分难受吧!有什么法子?生在中国这样的社会,整千整万的女子都为了爷爷或妈妈牺牲了,随便替她嫁一个人。所谓嫁鸡跟鸡,嫁狗跟狗,这本来是中国女子生铁铸成的奴隶命运。这件事,我一想起来便十分心酸,所以从来没有和任何同学或朋友说起过,就是介绍我和你通信的德珍姊也不知道。

我爱的,让我告诉你,那一年,是我十四岁的一年吧,我的爷爷从甘肃回家。我爷爷在甘肃做道尹,那一年夏间歇任回家,就在家中闲居了。我的哥哥是很怕我爷爷的,他平常在家中作威作福,但只要闻见爷爷在外咳嗽一响,便登时满室肃静,鸦雀无声。爷爷因为在家中无事,所以同几个官场老友,常常抹牌消遣。那时他爱我,实在胜过我哥哥。他说我比我哥哥聪明伶俐。我少时便会奉承我爷爷，有时爷爷同妈妈不知为了什么缘故吵起嘴来，只要我撒娇撒痴地说笑几句，他们俩儿的怒气便完全消失了。因为我的哥哥生性顽皮，所以我的爷爷常常叹气，说我不应该是个女孩，假如是个男孩，他也就无挂无虑了。一个秋天的下午，我爷爷正在和两个胖子、一个老年人抹牌，那老年人名叫王荣，是做过南京道尹的，我们都称他荣伯伯。那天好像是星期，我站在爷爷旁边看抹牌，荣伯伯坐在爷爷对面，他抹了一抹胡子，将我望了望，笑着对我的爷爷说："小姑娘一天一天地大起来了，也应该许人了。"爷爷也笑着将我的背上拍了一下，说："丑姑娘，没有人家要呀！""好说，好说，这样好看的姑娘，倒没有人要吗？我来做个媒，好吃喜酒。"荣伯伯说到这里，我觉得害羞，脸儿一红，一回身便跑到母亲房里去了。

我爱的，这是我的婚约的第一幕的开始。现在想起，真恨那多事的荣伯伯。但自己那时为什么不反抗呢？自然是年纪太轻，而且心中总是怕羞，自己不好开口。后来那老不死的讨厌的荣伯伯的计划终于成功了。一天的晚上，妈妈将我叫到房中，说："爷爷已经将你许给宁波任家，任家是有名的任百万，同荣伯伯很熟，所以这媒一做就成。"说了，伊只是望着我笑。我红着脸儿站在妈妈面前，真羞得无地可容。妈妈接着又说："任家的孩子听说长得很好，方脸大耳，很有福气，现在家里请了两个先生教四书五经呢……"我爱的，我那时在乾河沿的女子小学读书，已经染着些一知半解的欧化了。我听说那孩子在家里读四书五经，心中的确有些不舒服了。想不到我的命运还有更大的不幸！是我订了婚约的第二年，一个冬天的晚上，我刚走近妈妈的房门边，仿佛听爷爷和妈妈正在谈论我的婚姻问题，我便悄悄地躲在房外窃听。只听见爷爷说："小孩子吃鸦片，终不是好事！任亲翁也太糊涂了，不肯拘束他！"……我爱的，我只听见这几句话，心儿已经像刀割一般个疼痛了，我便不能再听下去。那晚我回到房中，便一个人蒙着被儿哭了一晚。从此我对于人生完全灰色了，身体也渐渐瘦弱，时常生病。妈妈知道我心绪不佳，大概是为了婚姻问题，于是也常常和爷爷拌嘴。爷爷从此待我也没有从前亲近了，看见我仿佛总有点不安似的。据妈妈说，爷爷对于任家的姻事也有点后悔，但大家都是场面上的人，有什么法子可以解除婚约呢？

我爱的，你想象着吧，我从那年高小毕业，一直进了女子中学读了三年书，这四年中我的痛苦实在难以言语形容的，身体也一天天地不行了，心头狂跳，晚上难睡，经医生证明我有肺痨病的征象以后，爷爷妈妈也就十分着急。家庭中因为我的疾病和忧愁，也减少了许多平安的颜色了。直到去年的秋天，我爷爷因为 L 州工厂督办的事，来 L 州就任，我和妈妈偕了同来就居乡间。

我爱的，我一气写到这里，眼泪忍不住滚滚地流下来，湿透了纸面。你细看这纸上无数的泪痕，当知道我心中的无限痛苦吧。多情的你，看着这些话如何感想？是伤心？是失望？是同情？饱经人世忧患的你，你自己的痛苦也已经够受了，不要再为了我的事而忧坏了你的宝贵的身体吧！

我爱的，我还应该告诉你，这是比较可以欣慰的，因为今年春天任家来了一封信，说是明年要结婚，已经为我的爷爷拒绝了，理由是我近年身体多病。所以我的问题或者还有一线的希望，只要爷爷肯痛快地解决。但是他本是一个官场中人，如何肯干那退婚的丢场面的事情呢？旧家庭的旧礼教真真坑死人呀！

我爱的人呀，世界上除却你以外，我已经找不到旁的希望和安慰了。我现在活着便为你而活着，只要我活着一天，总希望有和你见面拥抱的一天。你千万不要为我忧愁吧。

我觉得头痛，已经写不下去了。

你的人儿
三月二十一晚

五

我最亲爱的人儿：

这两天我只是昏昏沉沉地，已经静不下心来写信了。我爱的，我从病后到如今，每晚只要喝一口葡萄酒，就可以安安稳稳地睡了些。近来为了你，葡萄酒已经没有功效了，睡也不过是睁着眼罢了。

我亲爱的，我只有张开两臂等着你了。假使我不能和你见面时，我愿意极痛苦地死了……或者，我的毅力竟不能坚持到底呵，那么，请你将我抱去，任你怎样去解恨吧！

亲爱的人呀,我每次读你的来信,我真不知道这般发狂的情形,你也想象得到么?你的名字,可爱的你的名字呀,我是不住的唤着吻着,几乎将你信上的名字都吞到我的肚里去了。我每次接到你的信,总是一个人偷偷地走到后园树下去阅读,那古井旁边的一株柏树,已经成为我的爱情证人了。我有时真感动得太利害了,便斜倚着柏树凝想,或者手舞足蹈起来,便竭力把那株柏树乱摇,摇得树上的鸟儿都哑哑地飞去。我爱的,你不要笑你的小妹妹太痴狂了么?

至爱的,你不要着急,我的问题决不会永远不能解决的。你劝我离开家庭,你的好意我也十二分感激呢。可是我是一个最不容易受人帮助的人呀!我一个人晚间静悄悄地想:我最好是能找到一种轻闲的职务,如书记,校对,或者是小学校里的手工刺绣教师。只要有够用的钱,只要有余闲能够读书,只要工作不加重我的疾病,我的心能够安静自由,身体也许能渐渐健康起来吧。几日前,我曾写信给一个朋友,托他在上海的中华、商务两书局及南京的小学代为设法。但是,我爱的,如果你能在北京替我找得着适合的职务,自然更好,我们俩永远不会分离,我便终身得着你的帮助了。

我爱的,你应该努力,不要为了我的问题而精神不安呀!你应该努力忍耐着这过去不能相见的日期。假如我能够到北京来,我便永远为你吻着,互相拥抱着了。我爱的,我的好人儿呀!

昨夜,我梦见你到我的家中来,我和你携手立在后园的盛开的牡丹花前,我采了一朵牡丹,插在你的襟上说:"愿你如牡丹一般地芬芳,愿你如牡丹一般地快乐!"

我爱的,我愿你牢牢记着我梦中告诉你的两句话!

你的梦中的人儿
三月二十四晚

六

我至亲爱的人儿:

我十分苦闷,在这样茫无捉摸的日子。

昨天下午,我的精神稍微好些,便想到那青青的绿水。我爱的,我自离开那美丽如画的金陵,到这样荒凉寂寞的北方匆匆几月,似乎还未亲近条较大的清澈河流呢。恰好昨天天气清明,狂风停止了,太阳也在微笑。我倚着窗儿凝望，似乎有点心酸了。我便要求妈妈伴着我郊外闲游。可怜我的慈爱的妈妈呀，她为了我的病反复不愈，也已经多时不出门了。她知道我喜欢出游，乐得几乎流泪。

小婢珠儿已经替我们雇好骡车，她也伴着我们一同出外了。我平常行走本十分无力，而况这次又在郊外，下了骡车以后，只能缓缓地走着。信步不远，那清澈的河流便已经在我们的眼前了。珠儿扶着我站在河边，我的心中只是凝想：我爱的这时正坐在房中埋头工作呢？也许正在苦闷着，急于要亲近你爱的人儿了？

珠儿本是我所欣爱的小婢，她也是聪明不过的小女孩呢。但我心中的渴望终是不能满足的，我的身旁没有你握着我哪！我望着那清澈一碧的河水，那微波中似乎时时实现着我所渴望的可爱的你的心影。

我们在郊外闲游了片刻，北地荒凉，但也想不到有这样可爱的柔波！等到夕阳西斜的时节，我便紧急地催着她们归去。我心中想：我爱的此时也许把信件寄来了，三点钟到站的火车已经过了两点钟哪！我在归途便微闭着我的双目，一切都无心细看了。

我爱的，我归来的时节，心跳得十分利害呀。

你的信件却没有来！不错，我爱的前天信上说正烧热呢。你应该休息着，不要在狂风乱吹的灰尘中乱跑了呵！我的心灵中最深处的爱人呀！你近来为了我的求学和工作的事，时常在狂风乱吹的灰尘中乱跑，我的心实在感着骤烈的苦闷呀！

我最难受的是每日晨间晚间，眼前静悄无人的时节，因为那便是爱情燃烧最烈的神秘时节呀。我想，我爱的，我默默地想：我爱的你是在理想上不会失败的了。你应该快慰了吧！

你们那里近来有什么进行？可怜我的爱人！你身体不舒服还要工作，我好心疼呀！你叫我好疼你，我爱的人儿呀！

> 你爱的
> 三月二十七晚

我还该告诉你，我这几天又服着药水了，是我的舅父配的药水，他上星期来给我诊过。

他说："病根已深了，但也不十分要紧，要痊愈却须很多的时日吧。"

我不愿吃那样酸苦的药水，所以旁的东西也懒得吃了。而且一吃下药水再吃旁的东西便觉得恶心。今天便是全身无力想睡又不能睡！我爱的，你握着我的手吧，你便感得刺你心般的凉了。请你将我的手放在你的心上吧，温暖了以后为止，我的手便永远同你的心儿一般温暖了……

　　　　　你爱的
　　　　　三月二十八日又书

七

梦里的人儿：

　　你说你替我找的事下学期有希望，我十分高兴。我想小学教师也好，家庭教师也好，只要功课不多，适于我的柔弱的身体，我都愿意担任的。

　　我的灵魂儿已经早到你的身边了。昨夜，我又做了个甜美的梦，梦见一条宽广的道儿，两旁都是密密的森林。我同你坐着一架有篷的马车，好像是去什么地方去游玩似的。我很高兴地躺在你的怀里，撒娇撒痴。你亲切极了，把脸贴在我的脸上温存我。马车曲曲折折走了许多路,经过沉寂的田野,来到一条幽静的小河边,青天白云,极目无涯。沿河而下,寂无人声,连赶车的也忽然不见了。可是车儿仍不住地行动。这时你的模样有说不出的可爱:又甜蜜,又微弱,又缠绵,又娇嫩,又飘荡,你的头直在我的怀里打滚。最后你似乎对我要求什么,你的手在松我的裙带,我半羞半嗔地拒绝你。你生气了,我也就醒了。

我爱的,甜美的梦境总有实现的一天的,假如我们俩儿能勇敢地进行呀!你应如何珍重你的身心,是不用我多说的了。

你爱的人
四月一日

八

我敬爱的人儿:

现在我受良心的苛责太深了,对你对他均觉十分惭愧呀!……我永远地受着良心的苛责!我自己实在不容我自己了!我只想去死,快快的去死!我已经没脸再见我爱的人儿了!

我爱的，我不知道为什么这样长久的时间内，竟不明白的告诉你，我除了要解除旧式婚约以外，还有旁的爱情问题。我爱的，爱情比生命要紧，我爱的他也曾常常对我说过。我和他密守着纯洁而不肯放纵的爱三四年。我们认识的开始，是在玄武湖边。呵，江南的玄武湖心，有我和他初见的影子。我想那影子是永久不会消失了的。记得一个暑期的黎明，我和我的女友携手偕行，并肩言谈，细碎的声浪和谐着迟缓的步奏，小鸟儿掠过那些紧闭的街门。晓风吹脸，沁人心脾。信步走出玄武门，傍着女友，坐了一只小艇，漂泊在绿溶溶的清波里。水上的金鳞，紫黛的钟山，在清晨的阳光底下微笑。含苞的红莲，还在浓睡。

船儿朝着湖心飘泊，经过曲曲折折的小桥，到了三角亭边。阳光愈照愈热，直射湖面。我便扶着女友，走下小船，静立湖边，观看湖山的奇变。

在近岸的树林里，我们信目望去，似乎有一人儿，穿了轻便的衬衣，戴了一顶宽檐的高帽，坐在小巧的凳儿上，低首绘画。

我是欢喜画的，无论什么画都可使我停留怡神！我便携了女友的手,走上前去。我说:"可赞美的雅人!在这样早晨,来描写湖山的美。可惜我不曾带画具。""如果你带了画具,确可算湖上一对!"女友取笑地说。我也自觉失言,不觉羞红了脸。

我们羞怯怯地走近那个不相识的人儿身边。他,一个脸庞清瘦少年,抬起头来望着我们微笑了一下,又低了头来注意他自己的工作。他在描写阳光底下的湖边树林,湖外钟山。那背景的红浓,鲜血似的颜色,他的画笔一笔一笔地涂,我的心中的鲜红血潮,就随着他的笔尖飘荡。

待到他完成了工作,微笑地站起,相互问了姓名,我才知道他名叫"谢启瑞",是南京美专的学生。

广漠的人间,从此有了我和他的爱的痕迹。

我那时正感觉家庭婚约的痛苦,便不自主的被爱神引导着走到他的最亲密的路上去。我们的光阴,一天天地在信笺上消逝;我们的心魂,一度度地在情海中浮沉;我们的痛苦,一丝丝地在纸面上互相告诉。

可怜的他,是一个没有父亲的孤儿,家境十分清苦。他在南京读书,完全是自己挣钱养活自己。

然而命运弄人。那年秋天,我的身体渐渐不行了,每宵不能安眠。清夜的钟声,会使我惊骇;黑暗的幻影,会使我心恨。我想,假如我的前途是暮秋,我是花,便应该萎落,是草便应该枯黄了;假如我的前途还是初春,我便应该鲜红的盛开,碧绿地滋长着。

我不担心我自己的病,仍旧住在校中。每天同他通一封信,每星期同他见一次面。我们在信笺中竭忱地恋慕,竭忱地欢欣,然而我们见面的时节,反而静默无语,常常含羞地红了脸庞。

是秋季风光明媚的一天,他约我往游钟山。我的女友都劝我不要外出,劝我该保重身体。然而为了可爱的他,我还怕什么百丈的钟山呢?就是千丈的万丈的钟山,我也愿伴他前去。我的生命活着便是为了他,什么牺牲都是愿意的呀!

然而我的病竟渐加重了,终夜烧热,饮食全废;月中人影,屋外风声,都足以助我的凄凉怨恨。他的一封封可爱的信,每天放在枕边,作为我病中的陪伴。病情一天天地重起来,学校的当局也就强迫我停学回家。我爱的,你想象着吧,那时我和他是何等的痛苦。我以为自己的身体是不会有复愈的希望了，爱的束缚，徒增他的烦恼。就写了一封决绝的信给他，信中大意是说：我的病大约是没有痊愈的希望了，休学归家以后，劝他就当我死了一般，不要再记念着我。

我爱的，哪知道被热情追逐了疯狂的他，过了两天竟跑到我家中来找我呀！那时我睡在房中，什么也不知道。他见着我的爷爷，说要到卧房来看我的病。我爱的，我顽固的爷爷怎样的骂他，是我所不知道的。他于骂走了我的情人以后，还把病倒在床中的我，拍案顿足大骂了一顿。我的病受了那样的刺激，次二天医生来看就不肯开药方了。我爱的，我那时真想自杀！但我眼见可怜的妈妈在床前哭："宝宝呀，心肝呀！我没有做了什么恶事，为什么一个女儿也养不活呀！"我听见妈妈的哀音，心中便非常难受，眼中也不住的流下泪来。我因为舍不得妈妈的一个念头，便把自杀的思想慢慢的溶化了。后来我的病养了许多时渐渐能够起床，但我因为病后心中抑郁，所以也没有写信给他。

自从到了 L 州以后，我的爷爷因忙于工场的事务，不常回家，我们又开始通信了。我在和他停止通信的许久时间内，看见他在报纸杂志上发表的许多小说诗歌，完全都是灰色了。我爱的，我心中对他本十二分地亲爱的，所以我又时常用情书安慰他。他，可爱的人儿呀，对于那过去的我们俩爱情的伤痕，竟一句话也不提起，他对于我的爷爷也毫无怨艾之意。

我爱的，当你告诉我，你已经失恋了，我为你几夜不曾安睡，时时愿意安慰你失恋以后的心。我是世间一颗情种，我便不忌惮地随处遇着可怜而多情的人，我便不忌惮地尽量的用爱情安慰他……

我现在自己发现的错误，就是我和你由通信的朋友而至恳切地爱着，拿爱来安慰你，为何不老实将我以前的爱人告诉你呢？我想起来十分忏悔呀！我爱的，请你谅解我吧！

我自己终日终夜的想，旧式婚约问题还不知何日解决，现在我已无心去记着那些讨厌的问题了。我心中只有你和他的爱燃烧着呀！我为了你和他的爱情，什么贞操问题，我也是要打破的了！

我希望你不要因为我有他而忧愁，因为你应该爱我一切的所爱，爱我一切的事物。

我愿意你和他将来能成为很好的朋友,我来介绍你们。

> 你爱的人
> 四月四日晚

九

我至爱的,永远爱的伴侣:

我这柔弱多病的身体,被两个异性的人切爱着的身体呵!天呀!我十分想珍重着,但如何叫我珍重得起来!

几日来什么东西都不能引起我的注目了,梳头洗脸皆以为多事。我爱的,我现在好比一个"傻大姐"——这是一个由法国回来的朋友告诉我的故事。他说在回国的轮船上遇着一位法国女子,大约因为不幸的恋爱而弄成神经病了,真是一个"傻大姐",逢人称道她的情人。我爱的,我将何处去称道我的情人呢?

今天早起,还未梳洗毕,珠儿已经抱了一堆信札和书件来给我了,这时候我几乎要痛哭出来。我想,我在世界上活着便为了这两个情人呀!但是我这样柔弱苦命的身体,如何能接受着那般热烈的爱呢?我现在只希望上帝把我这孤苦柔弱的身体,分配得匀些,分给我的两个情人,你们每人管领我的一半吧,我爱的!

你说这两天没接到我的信,我前几天有封很重要的信给你,大约总不致遗失吧?我至亲爱的好人,我们万不得已用书信传达着爱呀,假如魔鬼还从中作梗,我将如何是好呢?好人呀!

我爱的,你千万好好地忍耐着吧!我现在已不知如何是好了,你这样想我呀,我只希望不知何处有顺便的风儿,将我吹到你的怀中来,我天天等待着。

启瑞今天已有信来,我把他的信转给你看吧。我刚才已经写信回他,我说:我爱你们俩全是一样,将来失败大家一块失败,胜利大家一块胜利,我是丝毫无所偏向的呀!至爱的,我从有生以来便不曾想到我一世能不在这狂飙时代中生活——我羡慕疯人的举动了!

天空的浮云已遮去了太阳,不久也要下雨了吧。我是在潮湿的地方住惯了的,一旦到了长久不得雨泽的北方,心儿也有些干燥了。我正梦想那美丽江南的朦胧烟雨呢。

你爱的
四月九日

十

我至亲爱的：

我不知道你收到我那封为难的信没有？爱人呵，你还不给我回信么？我是怎样等待着我爱的福音呀！

我们成熟了的热烈情感，我们虽然没得见面，我们的心中不是天天焦急么？我们已经十分了解了的爱情，我们万不能再有意见和猜忌了！

我的可怜的人儿呀！你千万不要因为他而心中忧愁吧！唉！我已经不知道如何是好了。这两天，我已经不能珍重我自己的身体了。我想着你，想着他，想到无可奈何的时节，只有走到后园树下去流清泪，感叹我自己的命运。

我的好人呀！我终究要为你所爱的。我的心，我的灵魂，我的血，我的肉，没有一点一滴不愿为你所爱的呀！我的好人呀！你还要我怎样？你要我怎样，我是很愿意怎样的。我爱的人呀！

你千万不要为了他而忧愁，千万快写信来，你千万珍重你自己，你珍重，我便不痛苦了。

想你的人
四月十日

十一

我爱的：

　　我的确是为难着呵，心绪也十分混乱了。今天启瑞有信来，说是南京基督教小学有一位国文教员回家病故了，要请一位代课的人，于是便将我介绍去了。每日教两三点钟课，是有闲暇自修的。而且每月二十几元，零用也够了吧。金陵是我旧游的地方，我有很多认识的女友在那里，并且六朝的名山胜迹，我已经阔别多时了，极想去游玩一周呢。江南天气，养病也是适宜的。

　　我已经去信告诉启瑞，两星期以后到南京，现在功课只请启瑞暂代着。但我是否能够去呢？去又如何舍得你？我自己十分为难呀！

　　你替我找的事要下学期才定，这悠久的几个月如何过去呀！爷爷下月是要回家一趟的，回家大约也只能住半个月。我离开家庭只说去就医，妈妈是已经答应了，因为她知道我的病在家中一定愈住愈坏的。我想在爷爷回家以前就走。我的确舍不得你，一个真情的刚才失恋的人，我如何可使你痛苦呢？我十二分地为难了。

我至亲爱的,我只看到你前次的信上用维特来比你自己,使我的眼中含了极苦酸的热泪了。维特的结果是怎样可悲呀!我决不能使你到那种地方,我决不能像绿蒂般的忠于阿伯尔,你放心吧。

你爱的苦命的人
四月十一日

十二

我梦里拥抱着的好人:

我的心已经被相思撕成碎片了,我至爱的,你千万不要和我一样呀!……我一想到你就坐卧不安了!你和启瑞都太爱写快信了,你们一天一封快信地催我,他要我到南方去,你要我到北方来。我至爱的,我如何是好!我如何是好!

我将如何牺牲一切,来完成你和他的心愿?我将如何接受你和他的纯洁的爱情?我将如何完成你和他未来的幸福?我将如何负担你和他的珍贵的生命?

我爱的,我日夜哭泣着。

我的身体已经不能支持了。我爱的,你诚可怜,他亦可悯，我只是不能怜惜我自己了！我如何是好？

我吻着你，抱着你的头儿痛哭一场吧。我愿意痛哭到生命消灭，我愿意痛哭到恋爱变成虚无……

我牺牲我自己报答你和他的烈火般的热忱吧！没有牺牲，不能完成，我愿意牺牲我自己……

你永远拥抱着的
四月十三日

十三

心爱的人儿呀：

我似火般的燃烧的心呀！在这样家庭之下的我，不自由的我呀！我如何是好？……

我爱的，你的心就是我的心呀！我已经将你的心装在我的心中了。你千万不要着急呀！你为什么又不舒服了？我爱的，我只是为了经济，为了家庭，终不敢到你那里来，不能在你的身旁日日夜夜的侍奉你呀！怯弱的我，多病的我，我怎么好？我怎么好？我爱的，我想万万不得已的时候，心中万万不得已地想来北京的时候呀，只要你借给我火车票的钱就好了！……我至爱，你快快地静养保重!……

       你爱的人
       四月十五日

十四

我爱的:

  这真是天上飞来的消息,你应该十二分的欢喜吧?我的叔叔昨天由南方来,他要到北京有事,在北京大约有一星期的勾留吧。他昨天问我:"要不要到北京玩?"我爱的,你想,我当然说愿意的。妈妈也因为我在家太闷了,也愿意我到旁的地方玩玩散散心。所以我来北京的计划真可实现了,下星期一就动身。这真是连我自己也想不到的奇事呀!我爱的,下星期二的下午我们俩便可很亲爱地吻着,拥抱着了。没见面的相思,这番可暂时的满足了。虽然见面也是不会久长的——一星期之后我又将匆匆回去!

  然而未来的事,见面时再长谈吧。这两天你的身体好些了么?你珍重着,在动身以前我不写信给你了。

       快见面的你的人儿
       四月十八日早

附白：你不必到车站接我，我到北京自然会来找你的。

十五

平常每天总怨邮差来得太慢了，有一次，菊华的信件忽然中途失落了。谁知道什么恶魔从中作梗呢？但是我的一肚无处发泄的冤气，终于加在无罪的邮差的身上。

"他年若遂凌云志，不杀邮差不丈夫！"我抽着烟，躺在床上，高吟着仿宋江的歪句。

这两天，邮差和我，已经无怨无仇了罢。她明天就要来了，我还要邮差干什么呢？

菊华的小影确是太瘦了，不知她现在还是那样瘦不。可爱的没有见面的女郎！她有丢不掉的两个情人，她有解不脱的旧式婚姻，她有缠不断的沉重病症。呵，人生是纠缠，纠缠是人生！

到单牌楼去买了一些糖果、饼干、花生、瓜子，预备着没见面的可爱的她明天来享用。在车上忽然想到秀芳，呵，我的残忍的秀芳！现在买的东西是预备给菊华吃的。秀芳从前不是吃过我的好多东西么？记得为了秀芳的好吃零嘴的缘故，我自已刻苦的省下钱来，时常买她所欢喜吃的东西，送去给她吃。我每星期日去看她，看见她的脸儿一次比一次的肥胖起来，心中总是说不出的欢喜。"你又胖些了。""是你的东西给我吃胖了啦!"她说，只是笑："你不许说我胖，你说，我就要瘦了。""你不会瘦的，我想。""你说不瘦，我偏偏瘦给你看。""你瘦瘦看。""你胖胖看。"她说，瞅了我一眼："你真是太瘦了些。"

只要我轻轻捏着她的手，或者用指头略略按一按她手上的肌肉，她的肥胖而红润的肌肉，就马上显出一缕缕的白纹来。我知道她的贴身是穿着紧背心的，但是她的束不住的胸前还小山似的隆起。她的圆满的臀部，行走时两边摇动，曲线美的柔波，越发显出婷婷娜娜的模样。但尤其使我赞美的是她脸上笑时的两个笑涡，还有她那一对肥胖的小腿，从白色的丝袜里显出桃色的肌肉的美的小腿。

"从家里寄来的鞋子又穿不下了。"她说。

"这么大的大脚!"

"你不喜欢大脚么?从前的女人三寸金莲，我是九寸铁莲。"

"我喜欢——九寸铁莲!"我笑着低下头来抱着她的小腿亲吻。

要不是坐在洋车上,旁边走着许多行人,我真要放声大哭起来。我有什么呢?秀芳是吃得胖胖地爱着汉杰去了。她吃了我许多东西,报答我的只是一纸冷酷无情的绝交书,给了我没齿难忘的酸苦的失恋滋味。

记得从前送东西给秀芳吃,顺便也向秀芳要吃的东西,她写给我有许多有趣的小字条儿。那些小字条到什么地方去了呢?我找遍了我的箱中,架上,抽屉里,纸篓中,我发现的只有零落的几张不全的残稿。

为了免除将来的遗失,让我将这些残稿珍重地粘在簿上留着吧。

逸敏:

  什么东西都没有给你。玩的是没有;吃的,我自己今天饭也没吃过,是更没有的了。

  你那阔人,何不拿些东西来给我?叫听差空手而来,敲穷鬼的东西吃,好不难以为情呀?

  明天自己来不要空手来了。

秀芳

好吃的鼠儿:

叫你买《会话辞典》,为什么买《会话》给我啦?

梨子有点烂了,吃了味还好。

我今天没有买东西,只有看你饿死了。

秀芳

你说对不起,我才真要说对不起呢。昨晚没有得着你的允许,就将电话挂上了。

现在我们班里,什么功课都要考试了,主任丁先生说。真忙极了!哪有功夫吃花生和拿花生给你呵!

考完了再谈吧。

秀芳

小偷儿:

你这几只粽子,吴家偷来的吧?

谢谢你,去偷东西给我。

呵,我成了你的"窝家"了!

在门口担上买的东西,真贵极了。这几只橘儿,你猜猜多少铜子儿?……

小人儿:

我吃得胖些了,谢谢你的肥儿饼。

你的小胖子

何堪想起呢?为了秀芳的缘故,我曾做过小偷的贼的。那天好像是端午,我到我的老师吴先生家里去过节,吴太太端出了许多粽子请我吃。我吃了两个粽子,觉得十分味美,顺便当着吴太太走进厨房去的时节,还偷了两个粽子,悄悄地放在袖筒里,带了回来。后来又饬人送去给秀芳吃。哪知道我做贼的举动,怎样竟被她发现了,所以她曾自认为"窝家"。呵,为了爱人而做贼,算得什么呢?但是从前,我在梦里也想不到那顽皮天真的秀芳,后来竟会要坚决地同我绝交!

我想那是汉杰叫她的。

四月二十一日

十六

很早就醒了,躺在床上望着玻璃窗外的天空,从灰白色变成红色,红色过去了,接着又变成青色,太阳出来了,照到窗上,从窗上又照到房里,照到床上。我忍不住从薄被里伸出手来,抚摩被上的阳光,喊着说:"可爱的菊华今天要来了!伟大的阳光,愿你照到远来的人儿的身上。"

我总觉得我的房子是太大了,太空虚了,太凌乱了,自从秀芳的足迹不踏进这房门以后。

这两天,我的房子又渐渐整齐起来。窗纱是重新糊过了,阳光照来,益显娇绿;桌面的笔、砚、水盂,也整齐而严肃地排在一行;驼绒毯子洗得清净而有光地铺在床上;书籍也按着长短放在书架上,似小学生们早晨排班似的。我喝着浓茶,凝视我的房中,又仿佛四周都迷漫着新鲜而甜美的希望。

老王从部里打电话来,说是有几件公事等着我去办。为了可爱的她今天要来,我已经告诉他这星期内不去工作了。工作是要紧的,恋爱是更重大的。没有恋爱,工作便成了空虚。

不用午膳也罢,午膳以后,心儿便渐渐不宁起来了,躺在床上想睡,心儿更怦怦地跳得利害。

心儿呵,宁静一会罢,从 L 州到京的火车是要两点钟才到站的。但是,心儿,不听话的讨厌的心儿呵,它总是不息地跳着,像顽皮小孩一般的怦怦地跳着。唉,唉,怎么好?

房外的人们的脚步声,迫得我不能安静地在床上躺着。我打开房门,向外面凝视了无数次。

"闻窗外的足音兮,疑伊人之将至!"我无可奈何地低吟着我自己的歪诗了。

她是和她叔叔同来的。她说自己会来找我,她是一个没有到过北京的人,如何能自己来找我呢?她的叔叔是不是陪她同来呢?我迷离于幻想中了。

"电话,正阳旅馆的电话,先生!"这电话一定是菊华来的罢。我的脚步不由的很快地跟着仆人的声音走了。

"你是张先生吗?"这不是女人娇脆的声音,说话的仿佛是中年的老人罢?这是谁呢?

"我是张逸敏,你是谁呢?"

"你等一等……"在电话声中仿佛有穿着皮鞋的脚步声,接着说:"我来了……"

呵,柔和的声音比瑰珴琳还要颤动些。我的呼吸急迫,我费了很大的气力,只说出:"你来了!你来罢!"

"我就来!"

快步回到房中，把买来的点心都在桌上摆起来。对着镜子照了一照自己的脸，我的胡子为什么又有点黑了？啊，讨厌的胡子，二十几岁的人，怎么有这般黑而且硬的胡子呢？我想用剃胡刀来刮它，她要来了罢，怎么来得及呢？我匆忙地丢下镜子，把自己的衣服扯得整齐些，用鞋刷刷去鞋上的灰尘，准备着我爱的神祇的降临。

窗外，阳光温和的照着地面，风底叹息的微声都静了。柔嫩的槐树正漫烂地垂着白花，几个蜂儿的嗡嗡的叫声，从黄金色的丁香花的底下出来。

仆人在前面引导，后面跟着可爱的她，披着短发，围着白巾，她的白洁的脸儿微斜着凝望。在她的行走的仪态中，有说不出的神圣和庄严的美。她弱小的全身，到处流露出爱的表情。她的微笑，似阳光里的芙蓉，她的慧眼，似清夜里的流星。我在阶沿上望着她来，对着她点了一点头，便快步跑去，我携着她的手儿，像携着新妇般的回到我的房里。

"我爱你，也爱启瑞，我只是整天替你们两个担心着。我们的将来怎样呀？"她说着，带着颤抖的声音，坐在我的藤椅上。

"我是没有什么将来的。我从前日夜所想望的只有我们俩儿的见面，现在我们总算见面了，我也就十分满足了，短促的人生，还管什么将来？"

我的心怎么可以腾起忧愁的浮云呢？我连忙禁止我自己，我不忍在柔弱而可爱的她的第一次见面的时节，把种种悲酸的话说出来。

"你吃吃点心罢。"我虚伪地带着笑容说。

"我饱了，在车上已经吃了东西。"说着，她的慧眼便把我房中的四周望了一望。

在芬芳的空气里，我闻见她短促的呼吸。这是她的肺部薄弱的表现罢。呵，我爱的人，她早说她的病有肺病的征象呢。我看着眼前的她带病的柔弱的身子，几乎真要哭出声来。呵，有什么可以治好她的身体的，我愿意拿我的血，我的肉，我的心，我的肺，我的肝，我的身上的一切的一切，作为她的培补的药料！

"启瑞以前的信，你是看见过的。他的最近的几封信，我也带来了。"她从提包中拿出一卷信来："你留着罢，这两天不许看，好不好？"

"好!……"我答,把一卷信拿来放在箱里了。"你还决定到南京去么?"我又问。

"我想去,但是——"

"但是什么?"

"但是——舍不得你!"她说:"我和你没有见面过,总渴想着见一面。见着你,我又想起可怜的启瑞。我真恨你们俩儿今天不能在一起。但是,我现在又想,倒不如还是远远地离着你们俩儿,倒也心安些。"她的喉咙悲哽住了。

"你爱我,但我不愿你为了我而离着可怜的启瑞。南京有事,你还是去罢。——我爱,你身体这样不好,如何能够工作呀?我真的担心着呢。"

"我去——小宝宝,你肯吗?你快信一封封的希望我能够到北方来,现在还要我去,怎么说呢?"她称我为小宝宝了,其实,我比她高半个头呢。

"那么,你不去南京了?"

"我去——"

"我也跟着去——"

"你把北京的事丢了么?"

"丢了——什么劳什子的事！三月有两月不发钱！"

"爱的，你现在用钱呢？"她急了。

"我是向朋友借钱用的。而且也用得很省——"

"呀，爱的，一同去也好，只是南京再找得着一个事才好呢。"

我本在她的对面坐着的，我站起身来，把她从藤椅上抱起，她坐在我的身上了。

"启瑞也只抱过我一次呢。"她忽然说。

"这几天，我要天天抱着你——"我说："你的身子真轻，这样柔弱的人如何能够教书呢？"

"找点工作做做，身体也许要好些。"

"爷爷肯么？妈妈肯么？你舍得妈妈么？"

"爷爷不肯——不肯我也要去，横竖我只有这一条命。妈妈？唉，只是妈妈——我舍不得她，正同舍不得你们一样。但是为了自己，我只好离开妈妈了，我觉得这样做是对的。"她说话的时节，脸转过朝我，她的蓬松的头发，拂在我的额前，我的嘴唇不由地凑上去了。

"你同启瑞亲过几次嘴？"

"唔……谁还数过？"她笑了。

暮色送了她起身回去。我对着天空凝望,仿佛云和星全在她的脚下。呵,我的上帝!就是我今晚睡了,明天不醒了,我也可以瞑目了罢。因为我梦想的可爱的菊华已经看见而且拥抱过了。

四月二十二日

十七

夜半醒来,听见窗外仿佛雨声滴滴。这时怎会下雨呢?当我送菊华回旅馆的时节,天上不是布满了云和星么?我有些奇怪了,起来点灯一望,窗外果然大雨如注。

要是菊华昨天还不曾来,天呵,你要下雨,随你的便罢,地上的鲜花,正渴望着你的点滴的甘露,我又何敢苛求呢。

但是天呵,请你怜悯我们相会时间的短促,停止了你的正在下降的雨点罢。我怕污泥要趁着你的雨水的势力,在她的美丽的衣裙或鞋袜上留下了秽浊的痕迹。

我的祷告是无用的。昏迷的天呵,你离开我们是太远了,不会懂得人间的艰苦。

我的心飘泊在愁苦的雨声中，再也找不着宁静的睡眠的门了。

菊华的确是太衰弱了。衰弱的是她的身体，伟大而勇敢的是她的精神。她有那样伟大而勇敢的精神，所以能够爱我，也能够爱启瑞，能够并行不悖的爱两个男人！秀芳的身体岂不肥胖吗？她的精神却是太萎靡而且卑怯了。她爱了新的，丢了旧的；她要了这个的东西，还了那个的东西；她用了甲的眼泪，去换得乙的欢笑。秀芳是自私的，狭隘的，反脸无情的。但她是我所爱过的。我的眼中还存着她的笑容，我的心中还恋着她的娇态。以爱始的不应该以恨终。秀芳是有缺陷的，然而正因为她有缺陷，我更应该原谅而爱恋她。

一个女人是不是应该同时爱两个男人呢？不，不能。一个女人只应该爱一个男人。书上这样说过，社会有这样的法律，人间有这样的真理。但是，我不相信书上那样的笨话，我不相信社会那样的蠢法律——是的，法律没有一条不是蠢的！——我也不相信人间那样荒谬的真理！

真理是什么东西呢？老师 L 先生说得好："真理就

是鞋子,各人都找得着他的一双适合脚跟的鞋子!"

真理没有一定的。我不相信旁人的真理,我只相信我自己的真理,我要反对已成的真理,我要创造新鲜的真理。

最可怜的是天下无数的可怜男女正在相信这些"削足适履"的真理!

……

爱神是有翅膀的,她不应该受任何的拘束!

为了秀芳的狭隘的爱,使我厌恶汉杰;为了菊华的伟大的爱,使我赞美启瑞。

呵,启瑞也是真实的、伟大的爱者!他知道菊华已经爱我了,他从前给菊华的信却毫无怨尤妒嫉之意,他在信上说他愿意和她爱的我做朋友,他的胸襟何等的光明而且洁白呵!启瑞这番的几封信上说了些什么话呢?菊华为什么这两天不让我看?她有什么深意呢?我不忍违背她的爱的命令,但我终于故意违命一次了。想到这里,我从床上滚了起来,从箱里打开启瑞的信件,在灯下读着。

雨声在窗外越滴越紧,我的心只在那一张张红色信笺的一个个字上盘旋着。读到伤心而感激之处,我忍不住流下无限同情的热泪了。我便在灯下把那些真切而动人的信,择要地抄录下来:

我心底最深处的菊华:

　　正在梦中倒在你身上痛哭着的床边,忽茶房叫醒了我,拆读你底信……我只是软弱地哭着呢!……我此刻要写的话,觉得无涯的冗长!……好人呀,我们底悲哀,我们底痛苦,我们底热爱,忧愁,感激,冤枉,我们现在所感觉着的一切,现在暂时在我们俩的心底里隐秘地藏匿着吧,等相见的时候,都化作伤心的热泪来流溺吧!

　　我每次写给你信的时候,必定要写坏四五次,心中像有一种将爆烈的火焰要在文字上表现出来,可是写到最后,总成了一封冷冰冰的信,我自己也不明白这是什么情境中的现象?

　　今天,明明是有事可说了,我也一样的不知道从何说起。我记得你从前曾经对我说过,你情愿同我做一个和爱人一样的朋友,经济独立,放假的时候,共同生活。我至爱的菊华,你这种广大的理想的爱情和高超的志趣,久使我崇敬着,也最使我深爱着的。我前言所说的使你不致为难,使他不致那样的一个解决方法,我正是要想实现你底广大的同情心意呵！前次的信中，只因为一心热望着我至爱的早日达到圆满的心愿，所以一切都忘却了。

现在不知道北京方面的事情，已否确定？

这里的基督小学，因为有一位国文教员回家病故了，要请一位代课的人，我于是便将你介绍去了。功课很少，每日只教两三点钟，是有工夫自修的。基督小学在清凉山下，那里的空气十分新鲜，养病也是很适宜的。每月有二三十元的薪水，零用也足够了吧。

我至爱的菊华，倘若你在北京方面已经确定，或者你以为北京方面可以速达你的愿望的，那么……倘若你爱慕江南底景物风光，你以为你底身体适合江南底水土气候，那么我们只盼望着你的南渡了！倘若要整顿行李，迟点也不妨事的，因为本来请不出一个相当的先生，我去替你代课也可以的。我现在的心神清净，好像明月当空，除了虔祝你达了你心愿外，更无别的心。但是，唉！路途这样地辽远着！孤单单的一个人哪，上车呀，渡江呀……我至爱的，我只希望有个熟人伴你来便好，否则我在这条路上，比你更要生疏的呀！你路上最苦痛的就是寂寞吧，车票可以买到南京的连票的，浦口渡江可以省了照料行李的麻烦，或者我写完了信，我去买几本给你在路上消消寂寞的书吧，或者你往北京的路上，也是要看看的。我最亲爱的，你倘若有了定期了，你很确实地写一封信给我。

我至爱的菊华，你不要为我挂心，我只期望着你底心绪安宁哪。你底心绪安宁了，你底愿望圆满了，我也快活了，我的愿望也圆满了！

唉，我又想起逸敏了。我想着你的时候，我同时便想着他，想着，我闭着眼睛，我仿佛辽远地看见他，看见他勤兢地跑到学校里去听讲，活泼地跑进教育部里去办公。他是怎样的一个我们底现代化的有毅力的朋友呵！他的美丽的性热，Goethe 式的美丽的热情，我亲爱的，我读到他给你的信的时候，使我怎样地爱慕着他呵！我常常在冥想：我要和他通信，我第一封信就要如我给我哥哥的信一样写。我为他，我到现在还恨那丢了他的无情女郎呢。至爱的，我想，或者，你寄他信的时候先告诉他，我们以后依年龄结为兄弟姊妹好不好？但是我有些难为情呢，他年纪一定比我更小，我就是照阳历算也已经有二十四岁了哪。——或者不要说年纪，我们依长短吧。将来他或者也可到南京来，况且他故乡又是安徽，常常可以来往来往。这不是很可实现的理想事情吗？至爱的，你不要笑我是小孩子,决定如此吧。你看好吗?

纸又换了一张了,我们所谈的话也换一换吧。

今天南方底天气骤然更新了呢,我房间前面的一块草场已经碧绿了,墙边的小树底枝头看去重了些了——美丽而可爱的生趣哪!我仿佛在南京第一次看到这样的景色呢!

我底心神真奇怪,我至爱的,你猜我写到这时如何在想?我一面想着春光是怎样的可贵,一面却想着你来南京之后的我俩底快活:礼拜日的等待哪,并坐看花哪,齐声念诗哪,一同出去买新书哪……一面又想着我俩见面时底第一次握住手的不可思议的□□□!

爱,以前我对于自身的糊涂,颓废,迷茫,烦闷……你来了,我不知将怎样地怎样地刷新和努力呢!

祝这可恨的不能见面的日子快快走!祝你身体特别保养!

爱!你信上不是说夜里睡不着吗?我有一个很好的方法呢。这方法是一个朋友告诉我的,他说睡不着时只要眼睛看着胸脯睡去就会睡着的。我试验时常常有效呢,你也试试看吧……

我爱：

你的来信为甚有这样多的湿痕哪？你不是右手写着信，左手擦着眼泪吧？——或者是你手上的汗吧？我的爱！我的泪和你合流着吧！我亲热地在吻你底信笺呢。你说："我愿意到入土以后还是愁虑着的！"我的菊华，我的心肝！你怎么说出那样悲伤的话来呀！

我的爱，我读了你的信，我的热泪点点地滴在你的字迹上了呢，我心里很舒服呢。我的泪和你的字迹上的泪，亲吻了，拥抱了，化了，再也分不开我的和你的了！我伤心地挂着眼泪笑了呢！

我的爱，我爱着你，我永远爱着你，我像沙乐美爱着约翰地爱着你。我近来在梦中梦见你的时候，我狠心地抱着你，我的手臂好坚强而有力呀！我活像一个鬼似的！有一晚，我在梦中和你亲吻，太颠狂而不自制地把你的舌头咬下了。我骤然惊醒起来，幸而这是梦中的事呀！我的至爱呵！我想象着我和你再相见的时候，我要用我全生命的力，毫无忌惮地和你拥抱着的。……

过去的你的美丽，你的恩爱，我没有一刻不在深切地追忆着，聊以安慰现在的苦闷。你当时相见时的含羞情态，现在还历历在目前呢。至爱的人儿，我们要向着无穷的未来企慕着前进，过去的追忆，只有增进我们前进的力和速。至爱的呵！前进！前进！我抱着你在铁路上去情死也愿意的呀！别辜负了一人一生只有一个青春！

我不愿意离开南京，南京是我的乐土，南京是我的第二故乡，南京是我们流落无告者的侨居国，南京有我描写不尽的六朝风景。你说："愿意来南京任事，只是北方的多情的逸敏，把我的心牵着了。"至爱的，此地的事情我决计为你留着。你迟来或早来都不要紧。我去为你代课，于学生也无妨害。到北方去，或者到南方来，全由你自己选择决定。我爱的，从你离开南京以后，几年以来，我只是读着《圣经》或《托尔斯泰戏曲集》来压制我的烈火的情热，烈火的烦恼，烈火的颠狂！……

我至心爱的：

前两日寄你的信和一卷书都已经收到了吗？

你千万不要为了我和逸敏两人之爱而不安宁。我决不因逸敏爱你而起妒嫉，而起不安，而起狭隘的心意，那些都只使你不快，使你有害。"爱是加害于人的。"我确守着这先知者定下的爱的律法。"你们愿意人怎样待你们，你们也要怎么待人。"我对于逸敏毫无恨意。我勇敢地实行着我的信条。你的广大同情的理想，也勇敢地实行着就是。理想，理想只要不是虚无缥缈的理想，有我们的刚强的心的力去做，是没有不实现的，没有失败的理由。

我的与寂寞决斗着的四年来的伙伴的爱妹呀！我确信，真正的爱里面，只有成功，没有牺牲和失败。除非自己根本不爱人的人，才有牺牲和失败。但这牺牲和失败，已经不是为爱而牺牲而失败了。逸敏的"性命交给了你"的话，也无须挂心。现在他既为你的广大的爱表同情了，可以更无须挂心了。我愿你，爱，你以为怎样可以使你快活，你就怎样去做就是。凡是真心爱你的人，决不会强爱人之爱而使之苦痛的。将来启瑞或逸敏两人中有违背了爱的本旨的时候，你就可以知道谁是不爱你了。

……

我最亲爱的，你住在家中的干燥生活，我也十分明白了的。我想着你的时候，我的心也同你一样地干燥着呢。一方面又想到自己的没方法来安慰，只是无端地愤恨自己。你是从来不肯老实地将你自己的苦痛告诉给人，使人也来担受的。你这样的伟大的心情，我在暗中常常引为修养的模范啦！

你说要来南京，你的床铺已经为你设备好了。

但是，我爱，我很记挂着呢。你的身体近日不知怎么样？你的妈妈为你底身体不好，肯不肯让你来？呵，种种不能使我细想的远方的情境呀！……倘若因为北京路近，你的妈妈放心，北京找得着事，肯让你去的时候，那么你就不必强要到南方来，反使你的妈妈不安心。我的妹妹，我的心爱的！

爱，这信写好，忽然想起你前次信中"恕我……不曾答复你"的话来了。你为什么那样客气哪？我要哭了呢。难道我会误解你责备你的吗？你只要好好地养养你的心神，我就十分快活了。你下回要那样说，我要把你的小嘴扣住了哪！

在上面启瑞的几封信里，我发见启瑞的高洁的心怀，热烈的情感，朴实的人格。只有伟大的启瑞，才配得上伟大的菊华。在他俩儿之前，我感觉自己的渺小，偏狭，污秽。

假如我不卷入旋涡，启瑞和菊华，岂不是天生的一对？假如我不卷入旋涡，菊华一心到南京去，岂不是无挂远虑？只为了我的卷入旋涡，弄得菊华心挂两头，弄得启瑞相思难就。主呵，我的罪是不可赦的，我愿意钉在十字架上！

天色渐渐明了，推开窗儿一望，愁云占满了天空，雨水从窗外不住的打进来，几乎打得我浑身是湿。在愁云的底下，天空的高际，有三五小鸟，从南方急急的飞到西方。檐前的槐枝上，乌鸦一声声的啼着，似诉它的心头痛苦。萧条的庭院里，人们都未曾起来，只有孤单而凄凉的我，抬起头儿凝望。

大雨不止，我爱的菊华大约没有来此的希望了。把桌上一堆堆的书籍都推开，伸出纸来，想写些什么——无数的心思，都被窗外一滴滴的雨点打碎了，只是一个字也写不下去！

"梧桐树，三更雨，不道离愁正苦。一叶叶，一声声，空阶滴到明。"

我只能低吟着上面凄切的句子，聊以自遣。呵，我又要抽噎了！

"喂，讨厌的雨，今天我不能来了！"

"唔……"

"喂，我叔叔的事已了，后天早上他要走了。"

"你也一同走了么？"我急了。

"我只好一同走……"

"唉!……"

"我明儿一早就来,再谈罢……"

接完电话回来,我只能躺在床上颤颤地哭了。

四月二十三日

十八

一夜何曾睡稳!早起,觉得头昏,跑到门前一望,几个小孩,赤着大腿和双脚,在路上的积水里游戏,脸上显出憔悴的黄色。一个老年人推着卖黄瓜的车子,缓缓走过,背曲如骆驼,从皱纹满面的脸庞里,看得出半生辛苦的表记①。三个穿着短衣的中年男人,一个提着鸟笼,两个含着香烟,悠悠地并列走着。对门的剪刀铺门口,站着几个中年妇人,有的抱着孩子,有的手中拿着扫帚,有的只是瞪着眼儿望着街上的行人。

呵,这就是我所住的地狱世界,然而我在盼望我的 Beatrice 的快快到来!

---

① 今为:标志,标记。

"明天一早要走了,怎么好?"她的美丽的慧眼看着我,似母亲望着小孩的神气。

我一时说不出什么话来,只注视着她身上穿的美丽的桃色衣裳。

"你不要伤心,我要到南京去,我一定使启瑞设法,将来你也可到南京去。"

"我希望我们三人能恋爱到底,万一,不幸失败,也就大家一块失败!"

"启瑞的信你还没有看罢?他待你很好,他愿意我们三人结为兄弟姊妹……"

"我已经看见过了……"我说。

"几时看过了?……"她笑了。

"前夜……讨厌的下雨的一夜……"

"我知道你要忙着看的。"她携着我的手,我就把她抱在我的身上。

我看见她胸前的红色突起的颤动,我的心从忧愁里转到肉欲上来了。假如身上坐的是秀芳,呵,我一定要伸出手去,她又要含羞含嗔地叫:"痒……痒啊!"那是何等迷人的声音呢,我想。

"我从前爱着启瑞的时节,我只望把讨厌的旧式婚约退了,一心一意的嫁他。可是讨厌的婚约到如今还没有退!爱了你,怪的,宝宝,爱了你以后,我忽然想到,我只能永远不嫁了……"

"你永远住在家里吗?"我急了,问。

"不是呀,宝宝,我只望我们三个人住在一起,像夫妻般的朋友,经济各人独立。"

"对呀!我前晚也想着,你的伟大理想是对的。而且世界上的制度完全错了!"我乐得叫了起来。

"这个办法,启瑞一定赞成的。我想,你也赞成罢。"

"赞成……"

"只是我还害怕,我害怕……一件事……"

"什么?……"

"一件事……"她的脸羞得红得同她的衣服的颜色一般,说:"只是将来万一……"

"万一……什么?说呀!"我把她抱得更紧了。

"万一有了孩子呢?……"

"有孩子,大家的。"我大笑地说出来。

"也许不会,我想。我的身体不好。我知道我何时死呀?像这样常常病的……"

"不许说死……"我用手把她的口闭了一会。

"死,不许说,谁不死的?"我想,一个人能真正恋爱一日,就算永生。

"我只望我至多活到四十岁。过了四十岁,大家都老了,就没有味了。"

"我又希望我们三人一同死……"她说。

"那只有一同自杀!活到四十岁,是的。我也想,一个人到老了真可怜。"我严肃地说。

"老比死更可怜!"她说,伸手指着墙上挂着的秀芳的半身照片,说:"这是丢了你的恋人么?"

"是的。"

"怪可爱呀!"

"她已经同旁的一个男子订婚了。"

"我想,结婚的制度不打破,恋爱总不能美满。她还不是为了要同旁的男子订婚,所以才把你丢的?不能怪她,只能怪社会制度。"

"我并不怪她。"

"我知道。"她说,脸儿望望我,眉头忽然蹙起来:

"只是,宝宝,我忽然想起,你的家里怎么样?爷爷妈妈都好么?"

忧愁又袭到我身上了,我说:"我有一个大家庭,爷爷,妈妈,弟弟,祖母……"

"都好么?有没有祖父?"

"呵,何堪想起!就在我恋着秀芳最烈的前年,祖父病死了。祖父病重的时节,一信二信来催我回家,接着是一次二次的电报……"眼泪流到我的脸上了。

"不要哭,说罢。你当然回家了?好人!"她用手帕揩干我的眼泪。

"回家?我竟没有回去。我恋着秀芳呢。后来我的祖父就在想望孙儿的病榻上死去了。"

"祖父死后,爷爷写信来说,祖父临死时还问:'我的大孙逸敏来了么?'这时他的眼珠已经变乱了,全是白色。爷爷骗他说:'逸敏就在床前呀!'他把眼皮一翻,后来就没有气了……祖父死后,我常常梦着他,梦见他正言厉色地教训我,却记不清说些什么了。我醒来便恨自己,恨不得把自己身体扯成粉碎!"

我的伤心的眼泪怎么止得住呢?它又自由滚了许多

下来，滚在菊华美丽的衣服上了。

菊华的眼皮一红，也现出要哭的样子，说："你以后回家去过没有？"

"没有，一直没有回家去。妈妈想我，常常想成病。祖母也写信来说：'我也上了七十岁的人，不久要死了。你回家一次罢，给我看看，免得我同你祖父一般，临死时受苦。'父亲写信来催我，我只是敷衍他，春天说是夏天回家，到了夏天又说有事，要等来年春天……总是敷衍，敷衍，一直不肯回去。"

"你为什么老是不回家呢？"

"何消说——自然是为了恋爱，起初为了秀芳，现在又为了可爱的你呀！"

菊华哭起来了，她说："宝宝，你总该回家一次。"

"要是舍不得家庭，可爱的，我们三人的理想还能达到么？"我的心儿一转了，我问。

"唔……"她暂时呆住了。

"我也想，我们创造新家庭很容易，我们要丢掉旧家庭真是很难呀！"我说。

"是的。爱只是一个，分不开亲子的爱和男女的爱的。"她说了,站起来:"你的腿酸了吗?我在你身上坐得太久了。"

她在我这里吃了午饭。午后,她说:"我们上半天谈话谈得太悲酸了,我的心现在还痛呢。我怕回家又要病了。"

"我们不要再谈那样的话罢。"我说:"但是我忍不住再问你一句,启瑞的家庭怎样?"

"他只有一个妈妈……呀,还有一个结了婚的女人,为了我的缘故,已经离婚了。这是前几年的事呀,要是现在,我一定不许他去离婚了。"

"为什么呢?"

"你不许问下去……"她说:"你来,我们玩玩罢。"

经过了长久接吻之后,我的心被烈火燃烧着了,我已经忘了刚才谈着一切的烦恼。我紧紧地抱着她,说:"你肯么?"

"肯?什么?我很悔从前待启瑞太冷淡了,你现在要干什么便干什么罢!我已经不忍想到我们的将来……"

……

"你明早准我去送你么?"

"不必……"

她走了,在朦胧的暮色中我望见的只有她的桃色的衣裳。

四月二十四日

第一个恋人

一

那一年,我大约是十六岁罢,因为父亲在古城开药店,我便随着父亲,住在店里。每天到古城后街的一个高小学校里去读书。

高小学校里的功课并不多,每天下午二时便没有功课了。课余后,我回到店中,照例是看看《三国演义》,或者随着店中的伙计们,街前街后的去跑跑。店中一共有十六个伙计,其中有一个和我脾气相合,情感最密的，叫做华桂。华桂是一个身材矮小，举动敏捷的小伙计，那时年纪也不过十七八岁罢。面白而红，梳着一根很粗的"流水辫"，整日的盘在头上。

我那时好看《三国演义》。华桂不识字，但他少时听他舅舅说过《三国演义》的，有几段记得很熟。像什么"诸葛亮三气周瑜"哪，"八十三万人马下江南"哪，"火烧赤壁"哪，华桂是一开口便滔滔不绝的。只要父亲不在柜台上，我们俩便滔滔的谈起来了。

"三国时谁最会打仗？"我问。

"我以为是吕布，你呢？"他决然的说。

"我以为是赵子龙。吕布不如赵子龙，因为他终于给曹操杀却了。"

"那不能怪吕布，是貂蝉害了他！呵！貂蝉！迷人精！狐狸精！……貂蝉是狐狸精变的。"他愤然了。

"狐狸精！吕布为什么还喜欢她？哼！"

"呵，因为她是女子呵！女子是迷人的。……只要摸一摸，只要摸一摸……"华桂像疯狂一般地跳起来。

我忍不住笑了，走近他的耳边轻轻地问："你摸过……没有？"

"没有!……但总得摸一摸。"

华桂和我是常常这样胡扯的。但父亲甚不喜华桂,以为他太滑头了,嘱我不要和他亲近。我那时对于父亲的深奥的意见是不了解的。我相信华桂是我的最好的朋友,他老实,活泼,而且比旁的伙计不会躲懒。

古城是一小市镇,镇临小河,可以通船。河的彼岸,有几座小小的土山,虽无古木大树,但山坡秀雅,春来时节,红花青草,丛生满山,倒影入河,风景也十分清丽。河中设小渡二,用渡往来行人,埠头则以石砌成。古城妇女,常三三五五,在那里洗濯衣服,华桂常携着店中的药材,到埠头上,临流漂洗。我课余的时节,有时也提着钓竿,随着华桂,坐在离埠头数十步的岸上钓鱼。

不知从何时起,华桂忽然认识一个洗濯衣服的妇人了。我去钓鱼,便看见华桂洗完药材,总是不肯就走,同那妇人夹七夹八的闲谈。远远望去,那妇人好像是什么人家的女仆,面圆身健,虽是毫无装饰,却也有几分可爱。我懂得华桂的心思,只顾低头钓鱼,不忍过去催他。

但华桂后来竟愈弄愈糊涂了,有时他和那妇人竟一

谈两点钟不肯走。那一天,我因为钓不着鱼,肚子里又十分饥饿,急于要回店晚餐,于是便生气了:

"华桂!你不回去,我要走了。"

"哦……"华桂很惊慌的抬起头来,望一望我,便匆匆地别了谈话的妇人,拿起药材,伴我走了。

在路上,华桂悄悄的告诉我说:"飞哥儿,你千万不要告诉掌柜的,今天……"

"嗡。"我笑了:"有味哪,谈话!她叫什么名字?"

"月娥,王家的女仆。哈哈,飞哥儿,她今天说起她们那里李家少女,才真美丽呢,简直同貂蝉一般的美丽。"

"哪有的话,同貂蝉一般的?"

"真的,她这么说。不相信,我们可以设法去瞧瞧。"

"我不要瞧……"我有点害羞了,但心里却飘飘然起来,望着天边一抹的鲜红的灿烂的晚霞,晚霞中仿佛幻出一个美丽绝伦的少女,婷婷娜娜地望着我微笑。脸上也不自觉的发起烧来。

二

从那天起,我的怯弱的心中便起了一层意外的波澜了,无论是吃饭,睡觉,或是入学校的时候。

"我总得瞧一瞧……"

其实为什么要瞧?瞧了又有什么目的?连我自己也十分茫然。纯洁而幼稚的心已陷入恋之烦恼里了。在人生的旅路上走着的朋友,有谁不曾喝过一勺恋之苦汁呢?然而我未免喝得太早。

但我对于华桂,却不肯明白地将心事说出来。我只是对于华桂比以前更亲密了,而且当华桂下河洗药材的时候,我总是提着钓竿悄悄跟去。父亲似乎很不满意,曾骂了我两次,嘱我不要随着华桂外出。但我那时对于父亲的谴责似乎毫不在意,仍旧是提着钓竿,课毕便悄悄出门。

我渐渐和华桂的恋人也弄熟了,她的确是一个有说有笑的好妇人。据华桂告诉我,她十六岁便嫁给一个乡人为妇,因为丈夫好赌博,把家中的田地卖尽当光了,她只得到古城来当佣妇,现在一月拿人家两元的薪水。那赌博的丈夫,还时时来缠她,一月至少要缠去几吊铜子，有时竟连两元薪水，完全缠去。

那一天，当晚霞映在对岸的山顶上的时节，我和华桂又在埠头上等着月娥了，因为华桂和月娥约定，今日来埠头的时间比较稍迟的。华桂似乎等得很着急，时常抬起头来探望。我的心中却仍旧为那没见面的少女所苦。究竟那个少女怎样美丽呢？如何告诉月娥，叫她领我们去瞧瞧？这句话又如何说得出口？我愈想愈糊涂了，但结论是这样——

"我总得瞧一瞧……"

天色渐渐昏黑了，埠头上已经没有行人。河中停泊二三小舟，远远地射出星星的灯火，正似水面的飘泊的流萤。在静穆而寂寞的时间里，华桂忽然站起来说："来了么？"

"来了，等急了罢。"月娥从黑暗中走近前来，手中提着篮子。

"等急了，飞哥儿也在这里。"

"呀，对不起，累得飞哥儿也久等。"月娥笑着拍拍我的肩。

"哪有的话，横竖我晚上总是玩。"我谦恭地说。

"飞哥儿想瞧瞧赛貂蝉,哈,哈,哈!"华桂疯起来了,拉着月娥的手。

"呸!瞎说!"我急了,在华桂的背上捶了一下。

"李家的少女么?哦,真美丽!"

"你带我们瞧瞧!"华桂恳求地说。

"可惜她不容易出门,一年出门不过几次。"

"为什么呢?"华桂问。

"因为她的父亲不在家。她父亲到杭州做什么局长去了,在外面娶了姨太太,所以一连八年不回家。她们母女两人,苦守在家里,靠着取租,吃用也够了,但心中总不快活。"

我从无聊的幻想里产出空虚的同情了,从同情里又感着悲哀,赤子之心的悲哀。我一言不发地立在黑暗里,望着河水。

"呵,飞哥儿,怎么呆住了?傻子!没有瞧见过,知道将来是不是你的老婆呢?倒先替人家可怜,真是不害羞!"华桂带着讥笑地说。

"不许瞎说!仔细我捶你!"我又怒又羞地,禁止华桂。

月娥和华桂都大笑起来了。

"时候不早了,应该走了罢。"月娥说,于是华桂靠近她胸前去抚弄了一会。于是我们分别了月娥归来。

市镇上已经满街灯火。喧哗的声音,响彻了全镇。我缠在无聊和苦痛的幻想里。父亲适不在店中,然而我那晚也忘记了晚餐。

三

我一连几天没有跟着华桂到埠头上去,因为我怕月娥和华桂要拿我取笑。天气渐渐炎热,暑假转眼便到了,我预备毕业考试的功课,比从前倍觉忙碌。但有时读书倦了,夜阑人静,心中又忽然想起——

"我总得瞧一瞧……"

华桂有时晚上也嬉皮笑脸地到房中来,谈一会,但只要听见外面父亲的脚步的声音,便又鼠一般地逃出去了。

那一晚,我有些倦了,抛开书籍,到柜台上去站了一会。华桂走近身旁,把我拉到栈房里,笑嘻嘻地说:

……

"明天下午我领你瞧李家的少女去。"

"哪里?"我羞了。

"观音寺的小路上。"

"你怎么知道?"

"月娥告诉我的。她明天下午也到那里去。"我忽然羞得回转身来跑了,华桂在后面赶来说:

"到底去不去?"

"去,一定的。"

这一天,清早起来便似乎有些飘飘然了,昨晚睡得不很好,做了许多的怪梦。早餐后便到学校去,同学以为考期将至,对于功课都用心静听,教室里也没有从前一般的喧哗声音。我的心里却总是老在想些无聊的问题:

今天能够瞧见吗?

瞧不见,怎样?

总得瞧一瞧……

午餐后,历史课结束后,大家都预备温习,我便夹了书包,跑回店中。我记得途中的脚步,比平常是跑得快些了。

华桂看见我回来,便到栈房里拿了两小捆药材,作为到河里漂洗的模样。我在他后面跟了出去。

观音寺离古城镇约有一里之遥,那里的香火很盛。古城人最迷信观音,他们无论男女,都呼观音为"救苦救难的大士"。那天似乎是什么庙会,途中老少男女,三三五五,结队偕行,大概都是观音寺进香归来的。

"仔细些,不要给赛貂蝉走过了!"华桂东张西望地说,手里还拿着药材。

"又不认识,知道她走过不走过?"我微笑地说,眼睛仍注视着行人。

"哪一个小女子最美丽的,哪一个就是……"华桂说到这里,忽然跑向前去几步。

我抬头看是月娥来了,也十分欢喜。

"等急了罢,飞哥儿。"月娥说。这一天她穿了一身月白色的布衣,头上戴着一朵红花,倒也有几分的美丽。

"李家的少女呢?"华桂不能忍耐地问。

"在后面,快来了。"月娥回头望着。

我们三人的脚步愈走愈迟了，月娥故意同我们离开几步，表示她同我们是没有关系的样子。

夕阳反照在路边林中的树叶上面，树叶上闪着灿烂的金光。暮鸦队队，在天空哑哑地飞去。月娥忽然站住了，同后面走来的一个女人招呼。那女人大约也不过是四十上下的年纪，脸上却带着苍白的颜色。眉头稍蹙，似是半生悲哀的标志。后面伴着一个梳辫的少女，身材似乎正同我一般的高。流动的眼珠，乌黑的头发，玫瑰色的圆长脸庞，衬着粉红色的上衣，浅蓝色的绸裙。婷婷而来，似碧桃在微风中飘荡。

"这真是活貂蝉！"华桂轻轻地说。

我迷恋在暮色苍然的歧路上了，这样美丽的少女，是我从来没有瞧见过的。

然而人生的美满而幸福的时间，终不过是转眼的一刹那间罢。她们在前面走去了，微风吹月娥和少女谈话的断续的声音到我耳际，那清脆而幽越的乐音。我的灵魂是被爱之烈火燃烧着了。

"跟到她们的家！"华桂提议。

"好的。"我说。

走尽那蜿蜒的旷野的小道,到了古城的后街了。黑暗开始张开它的幕。藉着市上的灯光,我们还隐约地望见她们三人的后影。再转过一条小巷,前面便是一场空地,古槐三株,直立池边。我们模糊地望见她们穿过古槐,便仿佛听见开门的声音。

"大约她们都到了家罢。"华桂说。

"应该回去了。"我无精打采地说。

四

校中的毕业考试已经开始了。我每日考毕的时节,总要走到那晚上走过的小巷后面的空地去望望。苍然直立的古槐,清澈的池水,水中的几尾小小游鱼,都已经成为我的最相熟的朋友。我到那里去的时节,是瞒着一切人的,连华桂也瞒着。

"我总能再瞧见一次罢……"

我的心中常常这样希望着。走过古槐便是三间并列的大厦。靠左边一间的屋是常常闭着门的,我于是想象这就是我爱的少女所住的家。

这里来往的行人并不很多,所以寂寥之地,能任我徜徉。但是那一天,不幸遇着月娥了,她提着满篮的衣服,正要往河边的埠头去。

"飞哥儿,这里玩得好吗?"

"我欢喜瞧池中的鱼。"

"不是瞧鱼,瞧人罢?"月娥笑了。

"瞧人——替华桂瞧你呵!"我滑头地说。

"瞧我?好说!瞧李家的少女罢!瞧姗姗,是不是?"

我从此才知道姗姗是她的名字。

月娥遇见我以后,华桂也发现秘密了,不时跑来找我。我心里以为姗姗只许我一个人在那里等着瞧的,对于华桂之跑来,甚不满意。于是便决计不走到那古槐小池的空地上来了,心里却终不能忘情,总想——

"我应该再瞧见一次……"

毕业考试完了之后,榜出来了,我幸而还考得好,名列第二。父亲很欢喜,便筹备使我下半年到南京进中学。同时也常有人来向父亲提起我的婚姻问题来。父亲兴高采烈,评头论足,总不满意。

"李家的女,姗姗好么?"

那一晚,我在柜台上,忽听见同父亲谈天的伙计,说出上面一句话。这是危急万分的时候到了,我便静听父亲的评判——

"美丽极了,可惜身体太弱,怕要短命。"父亲摇头地说。

这"身体太弱,怕要短命"的八个大字,轻轻地将我的心头梦想完全打消了。爱之神呵,你不要在幼稚的少年的心上,随便地撒下爱之种子罢,撒下了便任何雨打风吹终是难拔却!

我为厌恨父亲的评判,曾一个人躲着哭了几次。华桂不知道底细,以为我快要到南京去了,离不开父亲,所以悲伤。

"飞哥儿,好好地罢,到南京去读书,用功几年,做了官,再回家娶亲,娶李家的赛貂蝉,岂不威风吗?"

他不知道我的希望已轻轻地给父亲迷信的思想抹杀了。我那时只希望在动身往南京以前,能瞧见姗姗一次。或者我们能够谈话,谈一句话。

暑假过去一半了,父亲的在南京的朋友有信来催,我于是便乘了一叶扁舟,离开家乡。我对于故乡的水光山色,都没有什么留恋。只是母亲没有到店里来,临别未见,不免神伤。而且姗姗的影子,总时常在心中摇曳。甜美的希望是没有了,但几时再瞧见她一次呢?

到南京之后,因为初入中学,功课匆忙,所以无聊的梦想渐渐忘却了。次年四月,父亲来信说,华桂已辞掉,是为了与人家女仆通奸生出小孩的事。我心中不禁替不幸的月娥悲伤,而且华桂又到哪里去了呢?这有谁知道?我因此又想起姗姗,她将来竟嫁给谁呢?那样美丽而可爱的女郎!她的将来的命运是幸福,抑是悲哀?这也许只有冥冥中的神明知道。

如今,我已经八年不回到故乡。但只要独自在暮色苍然的小路上走着的时节,便不禁如梦如烟地想起姗姗。她是我的第一个恋人!虽然我们不曾谈过一句话,而且她的心中,到如今,一定还不知道世界上有爱她的我的存在!

爱 丽

他冒着寒风从大学校夹了书包回来的时节,心里的确有点倦了。回到公寓里,他把书包向书架上一丢,回身往床上一躺,口里就呜呜咽咽地哼起:"我想起,当年事,好不……凄凉"的老调来。

哼了一刻,他把床里面的被往外一拉,压在自己的身子下。房里的火炉烤得他浑身和暖起来。被儿又正在身底下作怪,使他有点发燥。他把眼儿朝上一望,床头挂的胖女子的相片,似乎正涎着脸儿朝着他凝望。那女子胸前的衣襟,可以看见隐隐约约隆起的曲线。伊似乎正躺在旋椅之上伸懒腰,一种妩媚之态,令人魂销。

"爱丽真有点妖!但也好,大约容易到手,不妨同伊混混。做老婆可不行!做老婆还是月英好。月英也有点鬼!似有情,似无情,令人摸不着真意。伊总想读书留学。读书留学有什么用!苏曼殊骂得真好:女子留学,不如学髦儿戏!……爱丽?月英?自己已经二十四岁了,没有老婆,怎么办?"

……上回叫公寓里的伙计拿到外面晒被时,秘密已经给伙计们发现了,大家传为笑谈。况且近来身体已经没有从前健康了,不是在课堂上困得想睡,就是每晚睡醒,身上总出了一身虚汗。他想到虚汗乃痨病的前兆,心中非常害怕,便一纵身跳了起来。

"我想起,当年事……"他又呜呜咽咽地哼着。隔壁房里忽然有敲着板壁的声音说:"亚雄,不要哼了,我的肚子痛得要命了!"他觉得奇怪,便匆忙推开房门,跑到隔壁房里去,口里说:"庆民,怎样了?"

他看见庆民正躺在床上,头朝床里,身上还盖着被。"又是吃东西吃坏了罢,老是好吃,不要命!"他带笑地说。

……

亚雄笑着踱回自己的房里了。他觉得房里的火炉太热了,红色的棉被又在那里涎着脸儿诱惑他。他觉得非逃出不可了,于是便戴起帽子,穿上大衣,摇摇摆摆地踱出门。

他已经走到煤山街上了,他看见许多大学生都夹了书包摇来摆去。一个剪了头发披着红围巾的女学生,身旁跟着两个男学生,一面走着,一面说笑。这女学生大约也不过十八九岁的年纪,身穿一件哔叽旗袍,旗袍上还镶着绒边。脸庞白里带红,不肥不瘦;身材不长不矮,恰到好处。

"这个女生大约是新来的,从前没有看见过。呵,真美丽!在大学里,可以做 Queen,一定可以做 Queen 了。月英不如伊,爱丽更不如伊!可恨!可恨!偏偏有两个男生跟着,而且很亲密地谈笑。他们真有福!我也跟上去,跟上去,跟上去!但是伊有两个男人了,再跟上一个,不太多了么?管什么,跟上去!"

他一面想着,他的脚便不知不觉地跟着走了。转了一个弯,他看见那个女生走进一个公寓去了,两个男生也跟了进去。他仿佛"侯门似海"地站在公寓的门前,望了一刻,不见有人出来。他自己也觉得无聊起来。左边有个豆腐公司,他便无精打采地走了进去。

其实亚雄此刻肚里并不饿。但是他既走进豆腐公司来,总不能不吃些东西,于是便说:"来,来一碗豆浆,两块蛋糕!"

他口里喝着豆腐浆,嚼着蛋糕。心里却在想:"那剪发的女学生,是住在这个公寓里么?假如是的,我一定每天来这里吃豆腐浆,好找个机会看看伊。这豆腐公司的生意也许要好起来了,因为隔壁住着那样好看的女学生。"他觉得好笑,因为身边挂着一个电话机,他又想打电话。打电话给谁?月英吗?爱丽吗?打电话到隔壁公寓去,又不知道那个剪发的女学生的名字。时候不早了,月英家里又管得那么紧,一定不肯出来。打电话给爱丽罢,爱丽脸上有疤,铅粉也填不满。但是还好,身上胖得好。女人应该胖,愈胖愈好!月英太瘦了!谁叫伊那么用功?玩玩罢,管什么,叫爱丽来玩玩。人生有什么?混混而已!

亚雄自发明了他的"混混哲学"以后,做事已经不似从前的胆小了。他站了起来,决定打电话给爱丽。

"喂,你是谁?"

"我,你猜猜?"

"呀,亚雄呀,什么事?"

"终身大事!"

"别胡扯,真的什么事?"

"我请你玩去。"

"我不去,天气太冷。"

"去罢,真的有大事商量。"

"又是胡扯,什么大事商量?"

"真的,不骗你,你一定来罢。"

"那么,你在哪里等我?"

"公园后门的柏树下。"

"月英也去吗?"

"不的,我一个人。"

"好的,我就来。"

亚雄放下电话机来,心中又充满了希望了。伙计走过来算账,说:"一共十六个铜子。"亚雄从大衣袋里摸出一张一角的毛钱票,大模大样地说:"一总拿去,不用找了,多的就算小费。"

夕阳照在公园的屋瓦上,幻作黄金色。暮鸦也队队地向西飞去。池中还剩得许多残荷断梗,在风中摇曳。几个匠人,在那里搬运浮石,堆遣假山。亚雄坐在沿水的靠椅上,眼睁睁地望着公园后门。

然而爱丽的影子也望不见。

几个零落的游人,也给晚风阵阵刮走了。亚雄觉得有点冷,把手放在大衣袋里。他想着女子出门真不容易:要擦脸粉,换衣服,梳头发,对镜子,一弄就是半点钟。唉!女子!女子!真是玩物!难怪叔本华要那样讨厌伊们。爱丽更靠不住!据大学里同学传说,爱丽至少有三十个以上的好朋友。这还了得!月英真好,能用功,性情又温和,脸儿也不丑,不说别的,就是爱丽额前的小疤,月英的脸上就用显微镜也照不出。

他似乎有点恨爱丽了,这个"恨"心是从期望的心来的。他的思想又一转了:但是月英也有点虚伪!伊口口声声说是母亲管得紧,要自由要等伊出洋留学归来后。一个人有了恋爱,还用得着母亲吗?为了母亲而牺牲恋爱是不对的!人生几何!出洋留学至少也要五六年。等伊求学回来,大家都老大了,有什么趣味?况且自己家中有的是钱，只要大学毕了业，混个资格，回去还愁什么吃用！享乐，享乐，人生不过享乐而已。而想享乐，还是爱丽好。

他正在想得出神。刚听前面水中悉索一声，他连忙站起身来倚着栏杆凝望，只见一只水鸟向空中飞去。身后似乎有人喊道："亚雄。"他回头一望。爱丽已经姗姗地站在他的面前了。

"等久了罢，对不住！"爱丽把眼珠向着亚雄一瞟，脸上微微一笑。

"我也是刚来不久……"亚雄含笑着答，他把爱丽上下一望，只见爱丽今天穿了一件淡白花丝葛的棉袄，外面套着一件蓝色的绒线衣，黑色团花的湖绉裙，底下镶着绒边，脚上是穿了高底的漆皮鞋。头发已经烫得蓬蓬松松地高起来，虽然脸上的铅粉终掩不住伊额上的疤痕。爱丽已经够美了，据亚雄的眼里看来。

"你邀我来商量什么大事？大约又是骗我出来玩玩罢。"爱丽似乎窥破亚雄的心思地说。

"真的有事，不骗你！"

爱丽把眼儿向四周一望，说："今天公园真好，这般清净。我最讨厌的是夏天的公园，因为来的人太多。但是秋天和冬天的公园，都是可爱的。你看今天公园里真静。这么偌大一个公园，几乎是我和你两人的领土了。亚雄，你说是不是？"

"是的，人少，谈话也可以自由些。"

他们俩儿一壁说着，一壁向前走，不久便已走到地坛的后面。亚雄愈走愈挨近爱丽，便拉着伊的手。爱丽把头儿靠近亚雄，因为伊的身材矮小的缘故，所以虽然穿了高底鞋，伊的头儿还只能靠着亚雄的肩。亚雄把头儿低了一低，脸颊正碰着爱丽的蓬松的头发，便觉得有一股香气，沁人心脾。

"亚雄，你今天为什么不邀月英同来？"伊瞟着眼儿向着亚雄一笑。

"月英？没有邀伊……"亚雄含糊地答。

地坛左边有椅子，他们俩儿便并列着坐下了。亚雄伸手去摸爱丽的背，从背后又伸到腋下。爱丽把脸一沉："放尊重些，别被人看见，笑话！"

"这里没有人——"亚雄涎着脸儿说。

"你既爱月英，又何必爱我？"爱丽想了一刻，忽然地说。

"哦……"亚雄一时不知道怎么回答了。他想，他爱月英，已爱了两年，谁也知道的。他如何可以对着爱丽否认他对于月英的爱？在爱丽的面前，又怎可以老实说他爱月英？素日油滑的亚雄，此时也有点难于回答了。停了一刻，他才若无其事地笑着说："难道一个男子不能爱两个女子么？"

"一个男人爱两个女子，一定得不着归宿，将来总是痛苦的。"

"是的，总是痛苦。但是一个女人爱两个男人或两个以上的男人呢？"

"当然，也是一样。"

亚雄凑着机会便把他对于爱丽怀疑的心思说出来了，他笑着道："爱丽，请你恕我说话唐突！本科里的同学都说，你至少有三十个以上的好朋友，这话当真吗？"他说完了话，紧紧地把眼睛瞧着爱丽。起初看见爱丽脸上有些怒容，后来爱丽忽然淡笑地说："你不要相信他们的鬼话！他们写了许多情书给我，我不理他们，所以便造出许多谣言。谁理他们，像大学里那些穷鬼！"

"我本来也不敢相信……"亚雄怕爱丽生气,只得赔罪地说。

暮色已经从空中笼到地面,他低下头来看了一看手表,说:"冬令天气,果然这样短促!刚才五点钟,天色就这样黯淡下来。爱丽,我们还是吃晚饭去!"

爱丽把头儿向亚雄身上一靠,正靠在亚雄的胸前。亚雄用手抚摩着爱丽蓬松的头发,在伊的发上轻轻地吻了一下,说:"走罢,我的好爱丽!"

爱丽和亚雄对面坐在共和饭店的一个房间里了。爱丽抬起头来瞧这房间的四周,靠窗摆着一张白色铁床,床上披着一张黄色的俄国毡子,什锦被儿整齐地折着。床的对面摆着一张白色的照衣镜,爱丽远远望去,可以瞧见自己红晕的脸孔。伊知道这是一间寝室,想起共和饭店门口的马车汽车,不由得有点害羞起来。

"不是吃晚饭么?为什么跑到这寝室里来?"爱丽怀疑而且玩笑地问。其实伊心中也有点了然了。

"在饭厅里人太多,而且谈话也不便。这房间不精致可爱吗?"亚雄走向前去,把爱丽抱住,低下头来就要亲吻。……他们亲吻的时间很久,足足有二十分钟。

"你同月英也 Kiss 过吗?"

"没有……"亚雄答了一句,放开爱丽,脑中的疑团更深了。他和爱丽从公园坐车到共和饭店来的时节,他仿佛瞧见单牌楼大街上月英坐着洋车驰过,后面庆民骑着脚踏车跟着。他看得千真万确,月英身上还穿着厚呢大衣。庆民的肚痛已经好了么?两月来庆民只是鬼鬼祟祟地,课也懒得上,整天关起门来不知道做什么,大约是写情书。月英同庆民认识还是自己介绍的。却想不到他们深夜里还一同出来,真是狗男女!月英总说母亲管得紧,要读书留学,原来都是鬼话!他又想,试试爱丽瞧见没有,于是便问:

"你从公园来时在单牌楼街上瞧见什么没有?"

"没有,我怕人看见,用手帕包着脸。"伊说了,抿着嘴笑。亚雄愈想愈呆了,凝眼望着天花板上的光明的电灯。爱丽在他的背上打了一下,笑着说:"你想什么?想月英,是不是?"

"不是……"他含含糊糊地说。

"有点不舒服吗?"伊用手摸摸他的额。他乘机向床上一躺,把爱丽抱在床上,心里想:"管什么!女子都是靠不住的,还是玩玩罢!"

爱丽爬在亚雄的身上,把口儿放在他的耳边,低声说:"我真爱你!"

"我也真爱你!"

亚雄正想动作起来,猛听得房门外旅馆仆人敲着房门说:"用饭不用?"亚雄同爱丽都无端地吃了一惊,恨旅馆仆人多事。于是亚雄便大声说:"不用,过两点钟再预备。"

……

阿　莲

我爱的小宝宝：

我在你的身边的时节，也觉得没有什么；离开你刚三天，便仿佛浑身都麻了。你现在心身都平静了么？你夜里早些睡吧。

我爱的，当你拥抱着我的时节，摸摸我的周身，不是说我胖了吗？我摸着你的身上尽是骨头，心里十分忧愁，时常劝你医瘦。但是今天我的妈妈说我太瘦了。我心里想：我爱的小宝宝比我瘦得多哪！妈妈看了不要更害怕吧。我爱的，你在这寒假里便应该十分珍重，少看些书，少做些文章，多吃些饭，养得胖些。待我回来的时节，你如果吃得胖些，我自然要谢谢你；你要还是那样瘦，我可不饶你了。小宝宝，留心着，瘦了，我要打你的。

我的妈妈时常向我问起你，她非常欢喜你。这也不知道谁告诉她的，她虽然和你没有见过面，却知道你是一个有志气的青年，是一个半工半读的苦学生。她很欢喜我和你要好……小宝宝，你又该乐得跳起来吧。

回家以后，天天大嚼，满嘴是油啦。小宝宝，你的嘴上有油没有？你这好吃糖的小孩，现在怕是满嘴是糖吧。亲爱的，我有点讨厌你的嘴了。你预备什么呢？我再来，不要你的嘴了，你预备什么给我呢？

呵，可爱的小宝宝，你不是说过，要我在信上说些故事给你散散心么？今儿我听了一个怪可怜的故事，就写给你看吧。这个故事恐怕不能给你散心，因为怪可怜的，怎么好？

这不是"故事"，是真事，是阿莲的事啦。阿莲，你记得她不？我曾向你提起过，她是我远房大伯买来的丫头。有一次，好像是在公园里，你记得么？你问我：

"你们家乡,有几个像你一般的大脚女子?"我说:"五十里内,只有两个:一个是我,一个是阿莲。"你还记得么?小宝宝!

呵,阿莲真死得可怜……

小宝宝,我这次回家,丝毫不知道阿莲已经死了啦!今儿一早,我跟了妈妈到大伯家里去玩。一进门,我便喊:"阿莲!阿莲!"真奇怪,妈妈登时瞅了我一眼,说:"别喊,阿莲早已死了!"

"死了么?几时死的?"

"去年十二月里。"

大伯还在店中没有回家,只有大伯母一个人出来了。她看见我,笑嘻嘻的说:"芸儿,一年不见,越发长得好看了。"她随即进房,端出两个碟子来,里面满装着花生,瓜子,糖果等物。我瞧见伯母额上的皱纹,似乎比从前更多了,容颜益觉苍老。阿莲死了,也许伯母没有从前那么享福了吧?我想。接着就问:"阿莲是生什么病死的,伯母?"伯母脸上本来显出许多敷衍的笑容的,听见我的话,登时就把笑容收了进去,沉下脸来说:"病死。贱丫头,活埋了!"

"活埋了……"我的背上似乎浇了冷水一般,登时忍不住打了一口寒噤。妈妈又使了一个眼色,似乎不许我再说下去。我只好低下头儿吃东西,妈妈便和伯母谈起家务来,把阿莲的事拨开了。

我吃着花生,瓜子,水果,好像嚼着泥土一般,非常难受,低着头儿不住地想:阿莲犯了什么事,为什么活埋了?我在摆着碟子的油光的桌面上,隐约模糊地望见阿莲的圆大而微黑的脸,眼睛还是像流星一般的闪动。

伴着妈妈回家,心儿像火烤一般的焦急!我拉着妈妈的手,靠着她,说:"告诉我,阿莲为什么活埋的?好妈妈!"

于是妈妈坐在藤椅上,喝了一杯茶,慢慢地说:

阿莲是活埋了,是的,那个孩子,我也觉得可惜。

芸儿,你不记得么?她一见着我,老远就喊:"太太,太太。"喊得多么亲热!

她活埋着,是为了她同木匠李相好的事。

同木匠李相好,从前年冬间就开始了。芸儿,你也许知道一些罢?阿莲那个孩子,做事从来不会瞒着我们的。

她曾公然对我说:"太太,我同木匠李的事,大妈(她喊我的大伯母喊大妈)是知道的。她想我替大伯生个儿子,顶着这一门香火。太太,你想,大伯是五十八岁的人了,还办得到么?"

我那时问她:"那么,大伯也知道么?"

"大伯现在还不知道,他又不常回家。他那样又聋又糊涂的老头子,谁去告诉他?"接着她又说:"大伯就知道,想也不要紧。他要我生儿子,他自己又没有本事,一上床就睡着了。我找木匠李,替他生儿子,他还该谢谢木匠李吧。"说了,她只是笑。

我还笑着问她:"你喜欢木匠李么?"

"喜欢,因为木匠李老实,勤谨,聪明,干净。"

真的,木匠李是老实而且聪明。芸儿,你靠着的桌子就是木匠李做的,你看那上面的花纹雕得多么精工!

我那时还劝阿莲小心些。我说:"乡村里坏人多,风俗又旧,一不小心,可不是玩的。"她听了,也点头称是。

他们俩儿真好!一对聪明的小孩子。真的,阿莲不死,今年刚刚二十二岁啦,木匠李比她大两岁,也只有二十四岁吧。

那样一对聪明孩子!谁料得到他们要那样短命,而且死得那样凄惨!

唉,真是不堪想起,去年的春天,一个春风和暖的早上,我正在梳洗,阿莲笑嘻嘻的跑进来,说:"太太,后山上的野笋已经长得一尺多高了。你给我一只袋,我去拔笋。拔两袋,一袋背回家给大妈,一袋背来给你。太太,你不是喜欢吃野笋么?"

我给了她一只袋,她欢喜得连奔带跳地走了。

傍晚,木匠李背了满满的一袋来,说:"阿莲累了,这袋野笋叫我送来给太太的。"

"木匠李,你也同阿莲一块上后山去拔笋的么?"我问。

"哦。"他说,堆着笑脸:"今儿没活做,所以一同上山去玩玩。"

我请他喝了一杯茶,他越发高兴起来,说:"真有趣!我同阿莲上山,大家约着不同路走,她向东,我向南,各向野竹深处走去,渐走渐远,彼此都瞧不见了。后来,我拔笋拔得累了,便高声喊阿莲。哈,竹林又密,山又高,风又大,哪里听得见呢?我没法子,沿着野竹走去,竹圈成一斜圆形,走到西边,看见她坐在野竹丛中,正在拔笋,看见我来,乐得拍着手笑。"

我也忍不住笑了,听见他说那样小孩般的情景。

后来,木匠李走了,我打开袋来,里面满满地装着几捆又细又嫩的野笋,上面,还摆着许多鲜艳的映山红。

我想,阿莲真是小孩气,这些映山红采来干什么呢?

次日一早,阿莲就来了,一进门,笑着说:"野笋好吃么?大妈吃着说好。映山红是采来送芸小姐的。快要放春假了罢,芸小姐回不回家?"

我说:"不回家,已经有信来了。"

"不回家么?怎样那么忙?把映山红寄几朵到学校里去给芸小姐罢,因为她喜欢映山红的。太太,你说过,是不是?"

芸儿,你看,阿莲待你多么好?

唉,冬天快完,春天又要来了。阿莲和木匠李的坟上也将生出许多映山红来罢。谈起映山红,就叫我想起伯母家里的血迹。芸儿,你今儿不留心,大约没有瞧见罢?那血迹,在伯母家西边檐下的地上,同映山红一般红的血迹,是永远洗不去的,遇着阴雨的天气越发明显。

妈妈说到这里,停了一会。

我插嘴问:"妈妈,木匠李也死掉了么?为什么伯母家里又有血迹?"

"死掉了,木匠李也一同埋着了!

"捉奸要一对!在伯母家里捉着的,打了一顿,打得半死半活,然后埋掉的。他们一对小孩子,真也太胆大了一些。芸儿,你知道,大伯一月只回家一两次的。阿莲千不该,万不该,不该引了木匠李到家里去住宿!

"本来他们那样不避嫌疑,村中骂他们的人已经很多了。阿莲告诉我,她在前面走,后面就有人暗暗地骂:'卖×货,木匠奶奶!'。我曾一再警告她:'阿莲,你得留心些!'年轻人真是不懂事,越闹越放荡了!我们的赵妈说:'有人在后山上看见,阿莲在和木匠李抱着,在森林里面,下身是赤光光的。'

"芸儿,你看,那还成样子么?

"后来有一次,事过之后,她告诉我,我还为她捏了一把汗。就是有一晚,大伯忽然从城里的店里回来了,大伯坐轿,从店里到家刚半夜。不巧得很,木匠李那晚就在阿莲床上睡。怎么办呢?外面有人叩门,知道是大伯回来了,大伯母起来敲房门叫阿莲,她正睡熟了,叫也不醒,床上的木匠李吓得大汗直流,用力捻她的肉,好容易把她捻醒了,她才手足无措地让木匠李躲在床下。

"真危险哪,大伯那晚就要同阿莲睡。倒是伯母乖觉,做了个好人,叫大伯到她自己房中睡了。后来,到东方发白的时节,阿莲才悄悄地把木匠李放走。一场危险,算是安稳地度过。"

妈妈喝了一杯茶,接着又说:"他们那样在家里干,我总担心他们要弄出——"

我忽然怀疑了,忍不住问:"伯母不是知道阿莲同木匠李好么?在家里有什么要紧呢?"

"伯母并不是真心欢喜阿莲配木匠李。我已经说过了,她要的是阿莲生儿子。为了儿子,所以不管她怎样胡闹。果然,去年秋天,阿莲的脾气有点怪起来了。一会儿想吃这个,一会儿又想吃那个。甜,酸,苦,辣,时常变换,这当然是有喜的预兆。

"伯母当初还很欢喜,她曾对我说:'要是阿莲生出来是儿子,就把阿莲收房做小;要是女儿,就把女儿给了人家,横竖将来还要生的。也不妨冠冕堂皇的把她收房做小。'

"芸儿,你知道,大伯同阿莲虽然是有了纠葛,明里可是还算丫头。所以在伯母看来,把阿莲收房做小,算是一件了不得的大典!

"孩子还在肚里,也许只有桃核般大小,外面的议论,可就多极了。

"阿莲说:'儿子,自然是大伯的;女儿,也一样是大伯的。就是女儿也不肯给人。'

"木匠李说:'儿子女儿我都不要。阿莲要生了儿子,阿莲应该跟了我走。'

"木匠李的意思,也许阿莲也赞成的,可是她说:'我走了,我的孩子呢?'可怜的人!她还没有生下孩子,倒先舍不得孩子。

"最高兴的自然是在闷葫芦里的大伯了。她知道阿莲将有喜事了,乐得什么似的,替阿莲做了几套新衣服，一面逢人便说，他不久要有小孩了。

"谁不笑他呢？只有他自己不知道自己家里的丑事。

"二叔母，唉，芸儿，你总知道，你的二叔母那个寡妇的利害。

"二叔母自己没有儿子，她最恨的是人家有儿子。她常常一个人站在街上，大声地说：'有子有孙，饿得铁咛叮！孤老孤老，餐餐吃得饱！'芸儿，你也许听见过她的刻毒话罢。

"大伯快有孩子的消息传出来，第一个不舒服的就是二叔母，她到处骂着说：'乌龟子，不如没有！'

这些不干净的消息，自然有时顺风吹到大伯的耳中。

"大伯有时回家，在街上走，村里的顽童们，用纸剪成乌龟的形式，悄悄地粘在大伯背面的衣服上。

"大伯虽然老了，糊涂了，可是心里总有点明白了罢。经了外面多次笑弄以后，他待阿莲却仍旧很好。店里三番五次的寄东西来：桂元，莲子，红枣，补血的东西，一包包的寄回家，信上还写明是给阿莲吃的。

"伯母心里渐渐不舒服了。她曾气愤愤告诉我：'儿

子还在肚里呢，可就封了王了。儿子要生下来，岂不是要做皇帝不成！'

"我心里那时就暗暗替阿莲着急。

"可是阿莲的命也真苦！肚里的胎刚刚三个多月罢，忽然又说是小产了。

"据阿莲说，这是大妈的不对！有了孕还叫她挑水，那样大桶子的水，一天挑两次，还不小产吗？

"伯母说：'臭丫头！有了孕还不省事，天天同那木匠鬼混一块，还不小产吗？'

"大伯在店里，听见阿莲小产的消息，据说气极了，一连四五天不曾起床。后来写信回家，把阿莲大骂了一顿。对于伯母，也曾埋怨了几句。

"那时阿莲真痛苦极了，伯母天天骂她。她的脸上，本来是圆而胖的，已经瘦得同猴子似的，不像人形了。

"一天她来对我哭着说：'太太，大妈的家里，我真不能再住下去了。'

"我那时觉得只有阿莲离开伯母家中的一法。我说：'阿莲，本来这话我是不该说的。但是，我欢喜你，觉得你在大妈家中再住下去，没有什么好日子的。你能不能同木匠李商量商量，叫他拿出一百块钱来，把你从大妈手里赎去，你们正式做夫妇。我想，你的孕又小产了，大妈也许肯的。'她有点给我的话感动了，说：'这样也好！'停了一会，她又说：'不行！木匠李哪里来的一百块钱哪？可怜的人！他赚来的钱一个月也只有十七八元，他家里有年老的五十岁的妈妈，是靠他养的。还有一个弟弟。他自己因为不识字，吃苦够了，所以现在拿出钱来替他的弟弟读书。太太，你想，他还剩得下钱么？唉！真是命苦！'说了，她只是流泪。

"芸儿，我那时也想帮助她，但是从你爷爷不在世以后，我们手头也紧。没有法子，只有眼睁睁地瞧着阿莲受苦。"

夜色从窗上袭进来，房中顿觉朦胧黑暗。从朦胧黑暗里望着妈妈的脸，也十分严肃凄惨，没有寻常的可爱、温和了。

我说："妈妈，我怕！你叫赵妈点上灯儿，再告诉我阿莲和木匠李怎样埋着的。"

赵妈点起了洋灯，房里虽然充满灯光，然而我眼前的灯光是灰绿的,似乎黑暗中有阿莲的幽灵在窃听,我觉得震颤而且恐怖。

"吃过晚饭再说罢,芸儿。"

"不,你不说完,我吃不下饭。"

于是妈妈又带着愁苦的神气说下去了:

"从那天后,阿莲一连几天没有到我家里来。我心里正奇怪呢,本来要想到大伯家去看看她的,刚巧你的舅母来玩了,在这里住了几天,所以没有工夫出去。

"哪知道事情变得真快!过了两天,一早,赵妈出去买菜回来,说是昨晚阿莲同木匠李都已经活埋掉了,就埋在后山的坟地上。

"怎样埋掉的,那时大家都不十分知道。

"后来,你那凶恶的二叔母来,这次埋人的事,她是亲身参加的,所以说得十分清楚!

"她说:'阿莲那丫头,早就该死了!……我瞧见她一双大脚,跑来跑去的,早知不是好东西!亏得老大和大嫂还想她生儿子。乌龟子,生下来也不过是败家精,要他干什么!……偏偏又小产了!乌龟子,小产了也好!……老大真傻！还埋怨大嫂！……大嫂也傻！她骂阿莲，阿莲回嘴，她就没有法子了，自己气得三天不吃饭。……是我点破她的，她要不把阿莲弄掉，将来总要吃她的苦。……你看，阿莲肚里装着乌龟子的时候，老大待她多好！……偏偏这鬼丫头也是不到头上不知死！还要把野老公留在家里，夜夜享清福。……哼！让他们两只小狗永享清福去罢！……大嫂一封信去，老大连夜赶来，从床上提起，赤条条的。大家打了一顿，我也使劲捻了他们几下。……你想，那样破坏家风的丫头，不该捻么？……后来打得半死半活的，就抬到后山埋掉了。……也够受的，就在后山山坞上，掘了一个深深的坑，先放了许多荆棘在地坑里面，把赤条条的他们俩儿丢下去，堆上许多石块，石块上盖上一层泥土，泥土上又盖上许多石块，石块上又盖上一层泥土，他们一对小狗就永远在那深坑里住着了。……也好，让他们永远去做鬼夫妻罢。……'

"她说得眉飞色舞地，十分有兴致，我的头却痛得抬不起来了。唉，芸儿！"

妈妈说完，悲惨地站起，到厨房里去瞧做菜去了。

呵,小宝宝,今儿晚饭,虽然弄了许多好吃的菜,可是我和妈妈都吃得不快活啦!饭后,妈妈说:"今儿是二十四,再过两天就是阿莲和木匠李活埋的周年了,想弄些纸钱烧给他们。那样赤身露体的,去买件衣服穿穿也好。"

小宝宝,我想笑妈妈迷信。但真是奇怪呢,连我自己也迷信起来了。怎么好?

回到房里,一个人呆坐在藤椅上,本是怕想阿莲的,却偏偏想起她生前的情景来。记得阿莲初来伯母家的那年,一个初夏的清晨,我走到巷口闲游,看见阿莲正在井旁汲水。我走上前去,阿莲笑嘻嘻地喊着:"小姐,早呀!"

"你也早呀!"我说。

"太太起来了么?"

"没有。"

"太太应该多睡睡,上了年纪的人。"

"阿莲你还想起自己亲生的妈妈么?"我突然地问她。因为我知道阿莲的爷爷,本是大伯店里的伙计,因为好赌，亏空了大伯店里一百块钱，后来生意辞掉，无法偿还，才将他的女儿卖给大伯，以清旧账的。她的妈妈那时怎样舍得她呢？我怀疑了。

"我的亲妈妈么？我十四岁的时候便死了，死了三年了！"说着，她的脸上充满了悲哀的神气。

"我也想呢，要是你的妈妈还在，你的爷爷也许不会把你卖掉的。"

"那也不一定罢，妈妈怕爷爷，怕得十分利害啦！妈妈是给爷爷逼死的。"她的眼泪像珍珠般的从她的颊上滚下，落在水井边。盛满了清水的一对水桶儿，无力而沉默地摆在一旁。

"逼死？怎么逼死的？"我问。

她用手帕不住的揩着眼泪，停了一会，才说："小姐，小姐，我告诉你罢。爷爷真坏！那年夏天，午饭过后，爷爷吃得醉凶凶的，忽然和妈妈冲突起来。小姐，你想，他们冲突什么呢？说来真也害羞！爷爷要妈妈和他一块儿到小河里去洗澡。小姐，你想，妈妈怎样肯在露天的小河里，脱得赤条条的去给人瞧呢？她就气愤地说：'就打死了我也不肯！'爷爷恼了，果然拳捶脚踢地打起来,……那天晚上,妈妈就在附近一个树林里,用绳子系在树枝上吊死了……"

"这样的酒鬼,亏你还叫爷爷呢!"我听了,不禁愤恨地说。

"爷爷不好,但总是爷爷呀!"她把眼泪一揩,挑起两桶水儿,说:"小姐,你看我的眼睛红不红?我要回去了。大妈现在大概已经起身,不回去又要挨骂了呀……"

想到这里,我在朦胧的灯光底下,望着纱帐的后面,似乎隐约地有个黑影在颤动。呀,那是什么呢?我害怕,忍不住喊起来:

"妈妈,我怕!"

我便飞跑到妈妈房里来了。

小宝宝呀,我今晚同妈妈一床睡了,你想不想?你妒忌不妒忌?

唉,我怕,小宝宝,你怕不怕?

你的芸 上
十二月二十四日晚

从你走后

从你走后,这世界已经改变了颜色。我爱,我知道,你的呼吸会使房内的空气温和,你的微笑会使窗上的阳光妩媚,你的思想与行动会使这寂寞的世界变成乐园。呵,有你在这里,我的生命是怎样轻快而且安逸,我的心境是怎样美丽而且快乐呵!但是,今天,是你走后的第三天了。早上我只是躺着,躺着,懒得起来。我想着从前,你未走以前,每天我比太阳先起来,对着天上的一抹朝霞,从公寓步行到工作室,晓风吹着我的微笑的脸庞,街上的行人也十分稀少。当我走到工作室的时候，同事们都还没有来，我便勤快地开始我的工作了。好像有爱神在旁边监视似的，我的工作是那样愉快而且有味；等到太阳慢慢地走到天空，壁上的钟也打了十二下了，这时我的心里便突突地跳起来，以为这是可爱的你应该来的时候了。我便从工作室跑回公寓，可爱的你已经坐在我的房中，看见我来，微笑地站起来，伸出手来让我握着。我的脸庞便不由的靠近你的脸庞了，你抬起你的头来，我们的嘴唇这样的互相接触着。有时你来得稍迟，我便开了房门，在风前踱来踱去的等着你。非等到你来，我是不肯进房的。你每天来时，总带来你的绘成的美丽的图画。你把图画挂在墙上，闭起你的一只眼来瞧着，微笑而且愉快地赞美并批评你的当天的创作。然而我对于图画是毫无研究的，我也只能茫然的瞧着罢了，我总微笑地站在你的一旁。有时你伸出你的手来，放进我的袖筒里，有时我伸出我的手来，放进你的袖筒里，我们这样互相取暖。我们每天相聚的时间虽然短促呵，然而即使这样几十分钟的刹那时间，我们已领略了世界上一切的幸福。窗下的黑暗的木桌，书架上的几本破书，书桌边的细小火炉，我爱，这便是你爱的可怜人儿所有的资产！但是，我并不贫穷！我的富胜过过去的帝王，我的富胜过上海的豪商，因为我有了你，我便有了世界，因为我的世界便是你。我爱，有你在这里，我的确是懒得读书的。因为，从你的话中，我能够听出世界上所有的真理，从你的心中，我能够懂得世界上一切的神秘，从你的眼角与眉边，我能够看出宇宙中无上的美丽。我爱，我还希望而且要求什么呢？我知道而相信：读书十年不如你一笑之使我聪明，而且百世流芳也不如你一握手之使我愉快！

但是我爱，今天，我被仆人的呼声将我从床上懒懒地催起来以后，我看见我的桌上是这样杂乱而且没有秩序，这便是可爱的你每天坐在旁边的桌子呵！炉中的火也不知何时已经熄了！我披着衣服，走出房门，我的四围仿佛尽是沙漠，灰白色的天，冰冻了的大地，秃了枯叶的老树。这里，没有梦想，没有欢乐，以至没有生命。只有风的狂吹与鸦的乱啼。我爱！这便是我眼前的世界，是你走了以后的世界！

我悄然走进我的工作室，同事们都正在低头工作。坐在我的座位旁边的一个胖子 L 君抬起头来望望我，从他的惊疑的眼光中好像是在问我："你今天怎样来得这么迟呢？"我烦闷而且羞惭，懒得去和旁人攀谈，便在自己的座位上坐下了。桌上堆满了文件表册，我也无心去整理它们。抬起头来望着壁上的时钟，看见钟摆不疾不徐地摇动，短针正走在十二点的旁边，长针也渐走渐近了——唉，十二点钟，三日前的正午十二点钟呀！好像是爱神专为我俩而设似的。记得临走的前一天，午饭已经吃毕了，你和我并肩坐着。你问我别后如何消遣，我便流下泪来了，我把头儿靠在你的膝边，让眼泪流在你的裙上。你抚着我的头发，用你的嘴唇亲了一亲我的额头，说："这样小孩子似的！又不是去了不来！不过三十天呀！好好的玩玩罢！"后来我总说三十天太长了，你又微笑着说："也许要早几天来的。"我乘势将你抱在我的身上，把嘴唇凑在你的耳边，说："最好是你不要去！"你说："那怎样能够呢？就是——也免不了暂时的分离罢。"你说到"就是"那里，微笑地用手指在桌上画了"结婚"两字。这时我愉快而且兴奋起来了，我疯狂地将你紧紧地搂着……我爱的，那是怎样美满的一刻那呀！然而现在呢？壁上的时钟已经到了十二点，午饭的时间也已经到了罢。同事们有家的是回家去了,没有家的也回公寓去了。我爱的人儿!你想我还有心回公寓吗?从前每天午饭的时候,桌上总摆着两双筷子,两个碟子,两只瓷碗;这些筷子,碟子,瓷碗都是可爱的你亲手买来的。你每天来时总带来我所爱吃的小菜。临吃时你又时常劝我,说我吃饭吃菜都吃得太快,是不合卫生的。记得有一天,你买来许多牛肉干,我狼吞虎咽地一连吃了几块。你急了,把牛肉干拿到你的面前,夹了一块放在自己的嘴中,慢慢地咀嚼了一回,然后送到我的嘴里。我那时真淘气呀!我不知感激,反向你说:"让我自己吃吧!这样的喂人实在于卫生有碍的。"你可生气了,不肯接着吃饭。……我爱的!你爱我,真像慈母爱子一般,连吃饭时也注意着的。你走后,我已经无心再在公寓中吃饭了。前天和昨天,都是在街头巷口的小馆子随便叫些东西吃吃。在那里同餐者虽然尽是些陌生人,然而究竟比一个人坐在房里独吃热闹得多了。所以今天,我在同事们都已经走完了以后,也一个人走到街上。我爱,这条僻静的 T 街是我和你常常行走的。记得我和你在街上行走时,大地负着它的一切在你的脚下为你祝福，阳光和白云在天空低吟赞美之歌，狂吹的风儿也为你而寂然平静。然而今天我是一个人行走了！我觉得街上的道路是那样崎岖不平，灰尘是那样迷乱我的双眼。我想着市场的馄饨好吃，便喊了一辆洋车，到市场去。

我爱，在洋车上我曾几次回转头来，因为往日到市场去，总是你的洋车跟在后面，我时常回转头来瞭望。要是我的洋车和你的洋车距离较远，我一定叫我的洋车停着等你。今天，我还是一样的回头望你的呵。我已经望不见你了！我望见后面跟着许多洋车，里面坐着的尽是些不相识的人们，他们的道路也许不是我的道路。我于是感觉眼前是寂寞而且空虚，因为没有可爱的你在后面跟着。

市场到了。好热闹的市场呀！一切还和你在这里时一样。两旁的洋货布店，五色灿烂地摆着许多绸缎布匹，书摊上摆着许多新旧的书籍，食摊上摆着许多精美的食品，然而我都无心去理会它们。在东口的一个茶楼上，我靠着楼窗坐下了。沿着楼窗望下去，可以望见市场上许多来来往往的人们：趾高气扬的青年，披红穿绿的少女,肥胖的商人,污秽的乞丐。我觉得眼前的人们都使我厌恶极了。我爱,你知道,当我初离家庭而初和社会接触的时候,我的感想不是这样呵,那时我的母亲告诉我:"天下的男人都应当像兄弟一般看待,天下的女人都应当像姊妹一般看待。"那时我真热烈呵。我胸无城府的爱一切的人。然而我觉悟了,自我与社会接触了几年以后,经验告诉我:人们不是个个可爱的。而且有些实在是不值得爱的。不值得爱的人们,你爱了他们,报酬只有带毒的利箭穿透你的心。至于淡漠的人们,你给与热烈的同情,收获也只有傲慢和侮辱。我的思想改变了,我以为博爱是不可能的事情。谁同谁有关系呢?为什么要博爱呢?我爱的人儿呵!从我有了你以后,受了你的高洁的思想与行为的熏陶,我愈觉得眼前的人们是那样恶臭而且愚蠢。我爱的,我虽然处在这熙熙攘攘的市场,然而我的确感觉孤独的悲哀呵!我想总有一天,我爱的,我们离开一切讨厌的人们,双双地建设我们的家,在我们理想的那里。那里,那里有低低的山,那里有清澈的泉,那里有平铺的草地,那里有整齐的森林,那里你绘画我吟诗,那里你和我过着光阴直到白首!

我倚着窗儿凝想了若干时,随便吃了两碗馄饨。天色渐渐晚了,市场上尽是灯火,我独自走下楼头,慢步归去。黑漆漆的天空,云和星也一齐都隐了,狂风吹送我的归途。为了减轻沿途的痛苦,我到处喊着可爱的你的名字。呵,我爱的人儿!我现在已经回到我的公寓了。在灯光底下,我看见你绘的苹果还是那样鲜红,你绘的山水还是那样美丽,你倚着椅背凝望的小影,正斜着眼儿凝视着我,同你在这里时一样。然而可爱的你现在是在离开我数百里以外的乡村里了!这漫漫的长夜,我怎能安睡呢?看哪,现在,在我的身边,有甜美的梨子,芬芳的花生,烤熟的栗子,这都是我从前买来供奉你而你所爱吃的。呵,我爱的人儿!这些梨子,这些花生,这些栗子,它们也都在这里期望你的早来!

你教我怎么办呢

七月三十日

今天才算好些了。这暑假里,本来该多读些书,预备考女高师,哪知这一病就是两星期!

早上,母亲来糊糊涂涂地问了几句:"好了么?可想吃什么东西?叫王妈做去。"说着,又到刘家打牌去了。

唉!母亲只顾打牌,阿姊也只顾出去飘荡,横竖各人有各人的嗜好,各人有各人玩的地方。

阿姊今天没有来看我。大概我的病好了,阿姊反不高兴,也未可知。阿姊是希望我生病的,并且还希望我……唉!

我只盼望我的爱人快来。叫王妈打电话到前毛家湾去。他来时已经一点钟了。他看见我已经起床,十分快活,走近前,摸摸我的额,又拉着我的手,笑着说:"我说今儿定要痊愈了,怪不得昨晚做了一个好梦,梦见和你到中天去看电影。"说了,他便在我的额上亲了一个嘴。

我忽然觉得一阵心酸,眼泪便不由的滚下来。他呆着了,说:"好好的,怎么又哭了起来?"我说:"爱人呀!倘若没有你,我早就该病死了!""宝宝,不要哭了。"他用手帕揩干我的眼泪,用嘴唇紧紧的亲着我的嘴唇。

我们俩拥抱了很多时。他走时,天已经晚了。可爱的人儿!两星期以来,他天天在烈日底下奔跑,也够累了。

我给他什么呢?给他接吻?给他拥抱?晚上,躺在床上想,渐渐觉得眼前又充满了快乐和光明。

七月三十一日

昨晚,我爱走的时节,握着我的手说道:"再会,明天一定早些来。"今天他果然来得很早。他笑着问我,笑得极妩媚,说:"今天精神更好些了么?"我答:"更好些了,谢谢你!"

啊,我每次看见我爱的笑容和黑眼珠,心里便立刻快乐了。我们俩儿玩了半天,有时握手,有时亲嘴,有时我坐在我爱人身上,他的手便到处乱摸了。我说:"好人儿,不要胡闹,怪厌烦的。"他知道我身体还柔弱,所以也就停止他的颠狂了。

我爱的回去了,过了一刻,他家里的仆人送了一只鸡、两个大西瓜来,阿姊看了看东西,说:"这些东西我们不要吃,请你带回去罢!"仆人说:"不,一定不能带转去,带转去少爷要怪我的。"阿姊说:"我们不吃这些东西!你们为什么不先来问我们要吃什么东西然后才送呢?"我听了这句无道理的话,忍不住气冲上来了。我说:"阿姊!我从没听见过,送东西给人家要先问问人家喜欢吃什么!"阿姊把脸一沉,走进房了。母亲出来说：“大家不吃，还是让他带回去罢!"我低声地说："谁不要吃？你们不吃我吃！"我把鸡蛋糕全拿到我房里来了，母亲还断断续续地在说：……白瓜……你吃些好。"我不理她。

我只希望我爱不要知道今天这些事，他的仆人也许不敢告诉他吧？否则，那可怜的青年又要气得哭了。

狠心的阿姊和母亲，为了她们暗暗的哭到半夜。

八月一日

天气热得慌，母亲一早就出去打牌了。阿姊邀我到家去看打牌。我因为我爱的要来，没有同她去。

我只怕昨天的事吹到我爱耳中，他一定要生气了。他只是不来！耳听着壁上钟摆滴答滴答的声音，眼前苍蝇乱飞，真叫人十分纳闷！

我忍不住了，便去打电话给他。电话号码还没有接上，我爱的却已经站在我的面前了，笑吟吟地。这时节许多感想都潮一般地涌起来，涌到我的心胸，迫得我要哭。我爱的坐在我的身边，说："又是她们欺负你么？不要生气，勇敢些罢！"我说："要是父亲还在，她们哪里敢这样欺负我呀!"眼泪流满我的脸上了。

晚上,阿姊回来了,带了刘永娇同来,在厅上谈话。我在房里看报,听见他们俩儿嘻嘻哈哈的谈得十分快活。我在玻璃窗上偷瞧了一下,瞧见阿姊很轻浮地坐在刘家儿子的身边……

咳!父亲死后,我家竟弄到这步田地!真是可叹呀!我有点头痛了。

八月二日

九点钟的时候,我爱来了。他告诉我,昨夜和他的父亲母亲谈话谈得很久。

"谈些什么呢?"我有点奇怪了。

"他们要我和你结婚。父亲说:'还是结婚好,省得人家说闲话!'母亲说:'不结婚,就是自由恋爱也是姘头!'"

"你怎样回答他们呢?"我问他。

"我说:'请你们不要干涉我和淑贞的婚姻问题。要是结了婚,你们有钱供给我和淑贞两个人读书留学么?'他们都一声不响了。后来我们便谈旁的家务事。"

"你回答的很对!我们俩儿应该竭力反对形式的结

婚！母亲和阿姊正想我早点嫁，她们可多得我父亲的遗产！我病的时节，阿姊很快活，母亲也照样的出去打牌。她们这种行为简直希望我快点死。你也看出来罢。我现在下了决心，他们要我嫁，我偏不嫁，看她们怎样。今年进女高师去，女高师毕业同你到日本去。读书用钱，她们敢不拿出来！你不看见阿姊么？她那样行为，还说要独身，还不是想得父亲遗下来的钱？我们要奋斗到底！"

"对的，你说的是！"我又抱在我爱的身上了。

八月四日

今天精神好一点，上午预备了些代数几何的功课。我爱打电话来，说今天有事，不来看我了。

十一点的时候，刘永娇来，阿姊陪她在厅上谈天，我也去加入闲谈。

"你弟弟对他未婚妻的事怎样呢？"阿姊问。

"还是同从前一样，不会好的。"永娇答。

"你的父亲母亲怎样办呢？为什么不把庚帖还女家？"

"我父亲不肯，没法子！"永娇答。

"那真是讨厌呀!"阿姊说。

"是的,真正讨厌!"永娇说。

阿姊这样关心刘永绅的婚姻问题,已不止一次,我心里要想笑,只是不好意思笑出声。

晚上,我想明天到琉璃厂买些参考书,因到母亲那里去要钱。"你要钱,那么,你的姊姊也要钱了。"母亲说。

"我并不要钱乱用,我是要钱买书。"

"我前儿打牌,赢了十几元,你姊姊不知道,现在给五元罢。"说着,母亲摸她的钱袋。

"我不要你私人的钱,买书的钱尽可以向总账里拿,为什么要瞒着阿姊呢?难道她用钱不向总账里拿?——要你私人的钱?"

"我也无钱再供给你读书了。你读了几年书够了,何必再要读上去呢?"

"我上半年在培华读书的时节,你同阿姊不是都说毕业后可以让我升学吗?为什么现在又反悔起来。无论怎样,下半年我还要进女高师读书!"我有点生气了,大声地说。

"下期一定不要读书了。预备预备,明年出嫁罢。"

母亲说，沉下脸来。

"你们要我快快出嫁，我偏偏不出嫁，到老不出嫁，看你将我怎样！"

母亲不说话，躺在床上，我便赌着气回房了。

八月五，六日

昨晚在床上哭了许久，也想了许久。

……家庭间的许多藤葛，全是由金钱串起来。

父亲临死时对我们说："家中财产，三分之一给你们母亲养老，其余两份，留给你们读书。谁不愿多读书而早出嫁，给她一二十亩地，五百现洋。谁愿意读书上进，服务社会，终身不嫁的，就得了我们所余的财产，随她用之于公共事业。"

父亲的话是对的，他临死不忘社会公益。他不希望他的女儿嫁人，只希望他的女儿做一个上进的人，在社会上做点事。

地下的父亲呀！你知道阿姊和母亲现在的情景，你也要痛哭流涕地感叹罢。

这两天晚上，母亲仍每晚到刘家打牌，阿姊也每晚跟了去。今天早餐的时节，阿姊对母亲说："刘永绅说，他们要搬家，我们西院有空房，搬到我家来同住也好。"母亲笑了一笑，似表示赞成，因为我在旁边，所以没有开口。

八月七日

我爱来了，他看见我，两手便腰带似的围着我了。他把我抱在他的身上，他用嘴唇紧紧地靠着我的嘴唇。……我们俩儿是何等愉快，何等幸福呀！

但是诈伪而险恶的母亲，一面设法隔挡我和他的恋爱，一面谋夺我的财产。

人类的历史，便是竞争的历史。优胜劣败，天演公例。我虽然是弱者，但我一定要和阿姊、母亲奋斗，不达到目的不止。

晚上，我对母亲说："你不给我钱买参考书，我考女高师要考不取了。"她听了一声不响。我正把话再说了一遍，她说："你要多少钱呢？"我说："我早已对你说过了。"她说："我要睡觉了，下次再谈罢。"我气极了，我说："我只和你说一句话，何必要下次再谈呢！

你不肯给钱，也可老实说，何必假辞推托呢？"

八月八，九日

母亲和阿姊总凶恶地对着我。

我想预备书，也静不下心来。我天天忧虑着，阿姊和母亲只希望我快嫁出去。我偏偏不嫁，她们将怎样对待我呢？我觉得害怕，不敢再想下去。

一切都是空虚，只有在爱人嘴唇上所领受着的，在我心中所感觉着的那种燃烧的爱情，永远存在，火不能烧散，水不能浇灭！

八月十日

我到母亲房里去，母亲还没有起床，躺在床上看《小说世界》。母亲说："淑贞，有什么事吗？"我说："没有什么事。我想请母亲想想，你是阿姊的母亲，也是我的母亲，做母亲的人要公平些。"母亲听了这话很怒，一句话也不说，把头躺向床里去了。

我爱来，阿姊和母亲脸上都现出厌恶的样子。我爱玩了一会，很不快活地回去了。

我到院中立了一会，眼前迷漫着黑暗，我仿佛有个刺客扼着我的咽喉，心中抑闷而且发抖，迫得我狂流热泪。里面灯光一闪，王妈走了出来，我才把忧郁关在心里，抹干眼泪，走进房去。

八月十一日

昨晚睡得不很好，起来觉得头昏，浑身松软。

我对母亲说："我没裙子，阿姊的旧裙子也给我穿破了。我又没有时新些的夏衫。你到现在还不给我做么？"母亲说："等你姊做的时候你再做罢。"我说："不行！"母亲不理我，走进房去了。

我坐在大厅藤椅上想，越想越懊恼，午饭也没有去吃。母亲吃了饭，走出来说："你为什么不去吃饭呢？"我说："唉！你连话都不肯同我说了！"说着，我便流下泪来。母亲说："小孩子似的！吃饭去罢，裙子夏衫就替你做！"

我爱的今天没有来！

八月十二日

女高师招考日期快到了,我想预备去报名。母亲正提着钱袋要走出去。我说:"母亲,我想到女高师去报名了。我病后还没有出过门,你给我些钱,让我去报名,乘便买些做裙做褂子的材料。"母亲说:"你不要再进女高师了罢。我也没有钱给你读书了。"我说:"我年纪小,没有学问,非再读书不可。没有钱——大陆银行里的存款拿来干什么?"母亲说:"那是我和你姊姊养老用的。我们没有死,你别想乱花!"说着,母亲便凶巴巴地走出去了。

我想不到自己的母亲嘴里说出这样的恶话!回头我躺在床上,又想哭了。我也哭够了罢,流泪是卑怯者的行为,想到这里,我便坐了起来。

我不读书也不要紧,只是我不读书,我爱的人儿还有钱在北京大学混毕业吗?我活着便为了他,我读书也是为了他呀!

我等我爱来,他只是不来。三点钟打过,我听见窗外的脚步声,开了房门一看,果然是他来了。他神色仓皇,脸孔像红血一般。我惊惶了,我抱住他,我问:"好人儿,你为什么这样?……"我闻见他呼吸里有酒气,我说:"宝贝,你平常不喝酒的,今天为什么喝得……"我悲哽住了。他说:"死是最快活的了!"呵,伤心呀,难过呀,我听了他的话,如冷水浇背一般,浑身战栗。我说:"我的心肝!要是我不好,你尽可离开我,不要想着横路。你的前途要紧!我是到死也爱你的……"

我们抱着哭了半天。后来,他才说,他父亲逼着他要和我结婚,否则要替他另娶,昨晚骂他一晚……

外面有人声,我们知道阿姊回来了,连忙止住眼泪。我爱也就匆匆忙忙地走了。阿姊进房来说:"今天刘家的藕真好吃呀!阿妹你病好了这许多天,为什么还不到刘家玩玩?"说着,她只是笑。我只得含糊的答她。她翻了一会桌上的《茶花女》,也就走了。

我浑身发抖,我又发寒了罢。你教我怎么办呢?天呀!

衣萍小说选

我怎样写小说（序）

因为我做了一两本小说之后，有人说我是小说家了，其实，怎样写小说呢？我到如今还不知道。

但我究竟已经写小说了。回想我初写小说的时候，正住在北京西四牌楼的一个古庙里。古庙的四周尽是红墙，我觉得疲倦而且悄然了。那时候正年轻，因此，我很想女人。就在想女人的境态之下，我写了许多恋爱小说。写恋爱，听说如今是犯禁的。但那时候普罗文学还没有产生。而且，就是到如今，恋爱小说也还风行。我却有点倦了。我应该换一条路走走吧，走哪条路，这是我正在考虑着的。

有人说："艺术全是说假话。"可是我却不能这样，我的每篇小说里全搁着我的真的心，那里面有我的真的思想与感情，有我的真的爱和情，血和泪。

我说，只有自己的真的心，打得动真的心的人。这是我的写小说的唯一的法宝。世间哪有假话能够叫人感动呢？我的女朋友曾告诉过我，做小说要做得叫人笑人不得不笑，叫人哭人不得不哭，叫人死人不得不死。不知道到什么时候，才能够做得到我的女朋友所说的地步。但我是想向着那个地步走去的。

我不曾看过什么小说做法，不懂什么文艺上的种种主义。我却真的写过小说了。而且，我将贡献我的全生命，向小说的创作路上走去。我也许还要做恋爱小说，但我已经老了，我将用尽悲哀的笔墨，写出悲惨的人生。是的，这小说选是我的初期的作品，我诚恳地贡献给爱读我的书的人们，并且，这里面有几篇是新写成的。

衣 萍

三月五日

暮春之夜

一

有爱的人是不应该生病的。而况是在这醉人的花红柳绿的暮春呀,正是一对对爱人携着手在中央公园或北海行乐的大好时节!

然而她的确生病了。

在前两天,我邀她出门去玩,她换上一身黑色的衣服,我心中顿时感觉不快了,我说:"你为什么不换上那件水红色的滑丝葛长袍?那件衣服好看!"她斜视了我一眼,说:"你总是爱红,真是俗气!"

我不知道自己是怎样一个俗物。但我自己平常也只爱穿灰色或淡色的衣服,却偏愿意我的爱人穿得红红绿绿地,怎样矛盾的可笑的我的心境啊!然而要说我愿意她穿得好看,是把她当做玩物,这,不但我不承认,她也绝不相信的。

然而充满了爱情的室中,的确起了风波了。

"你穿黑色的衣服,我是不陪你出去玩了的。"我说,又恶狠狠地加上两句:"你要穿黑色的衣服,等我死了再穿罢!"

"不去就不去!"她已经拿起了钱夹,披了围颈的轻纱,登时又全都放下了,气红了脸,说:"我知道你现在有了旁人了,所以常常找我的错处!"

她气冲冲地走进房内,倒在床上睡下了。

"旁人!谁?你说出名字来!"我赶进房去,站在床边,追着问。

她只是不理,一翻身,把脊背朝着我了。我看她抽抽咽咽痛哭的神气,心中早已软了一半,口中却偏要装硬,还是问:"谁?你说来!"

你们都有过爱人的么？两口儿斗气，究竟比不上军阀们打仗，要倔强到底才算好汉的，而且也不必找出什么不相干的名流政客的第三者来当调解人。

晚上，李妈端上饭菜来。我点上灯，走进房，笑嘻嘻地说："小姐，请起来吃饭了罢。"

她仍不理，头朝着床里。

"好了，该起来了。"我嬉皮笑脸地，把她的身子一搬，她的上半身便全在我怀里。我把我的嘴紧紧的亲着她，要在平时，她的舌尖便早已送来了罢。然而她这时只是双唇紧闭，好像现在南军紧守武胜关，防备北军来袭击似的。我的嘴唇只是不停的颤动，舌尖只是不停的进攻。这样的进攻大约有十分钟之久吧，她先淡漠地望了我一眼，笑着开口了："你的须子像鞋刷子一般的……"

我才想起来今天忘记了刮胡子。

一场风波从此平息了。灯光也格外地光明，光明充满了全屋，似乎表示庆贺之意。

然而无论我怎样的殷勤，她那晚吃的东西究竟不多，而且很早就睡着了。

二

谁料她第二天就病了呢?有爱人的人是不应该生病的。

在一间狭小的寝室里,对摆着两张床。因为我们俩还不曾正式结婚,照理不应该同在一床睡着的罢?然而有谁来管我们呢?除了那张开光明的眼来照耀着我们的讨厌的灯光。

在每晚熄灯以后,我们俩都各自睡在床上,谁也不许捣乱了。然而一到晨光熹微的时节,树上的小雀儿似乎还没有起身呢,屋里也看不见人影,这寝室里便照例要发生下列的对话了:

"宝贝!"

"宝贝!"

"你来!"

"你来!"

"你不来,我来了!"

这对话,好像已经收入留声机器一般的,每天一样。只是句末"你不来,我来了"有时是她说,有时是我说罢了。

然而那一天的早上,情形却有点特别。

照例的"宝贝!""宝贝!"还是一样的亲热的喊着的,后面对话却改变了:

"你来!"

"我不来!"

"我来!"

"你不许来!"

情形的确有点特别。房里暂时沉默。接着便有悄悄的动作。我已经从这床爬上那床,暗暗地袭进她的被窝里了,而且她并没有反抗,也并不表示欢迎。

这情形更特别了。

我解开衣服,把我的肉贴着她的肉,我觉得她的身子是火一般的烧热。我的手好像受了什么束缚似的,再也不敢乱动了。我抱着她问:

"宝贝,你有些发热?"

"发热,半夜烧到现在!还有些肚痛呢。"

有爱人的人是不应该生病的。伟大的爱人是不愿意爱她的人知道她的生病而难受的。她常常有小病,但她常常瞒着我，不愿意我知道，不愿意看医生，也不愿意吃药，这就是她的身体渐渐虚弱而且积成大病的原因呀！呵！我可怜的伟大的爱人！

她说太热了，不愿我抱着她，而且我也不敢抱着她了。我起床的时节，我说："宝宝，我愿意你即刻退热，我为你祷告。"

"只要你少使我生气也就好了。"她淡漠地微笑的说，眉端现出痛苦的神气，阳光从窗上照进来，我望见她的脸同桃花一般的红。我心慌了。呵，我悔不该为了穿衣服而使她生气。我应该忏悔。你叫我如何忏悔呢？

三

有爱人的人是不应该生病的。

然而她已经进了医院了！

有爱的人是不应该有别离的。

然而我们俩竟暂时的别离了！

我的祷告是无用的！她的发烧还是继续着，而且，肚中像刀割一般地痛得厉害。

哎，她的肠病又发作了。一直到下午还是嚷着肚痛。

德国医院呢，太贵了，那是阔人们的医院；协和医院呢，医生太糊涂了，会无缘无故地把"名流"的腰子割掉一个。经过了一次商量之后，便决意把她送进同仁医院去了。

当我和她坐了汽车到同仁医院去的时候，我望见她身上还是穿着那套黑色衣服，忽然感觉一种说不出的悲哀。我目眩了，仿佛眼前变成黑暗，全身不由的寒冷而且颤抖起来。

然而有什么可说呢？我诅咒这黑色的衣服，它是我的生命中的悲哀的象征。然而我还敢说什么呢？

经过了一个有"仁丹胡子"的医生的详细检查以后，说她的病也许是盲肠炎，然而，还不能十分断定。

看护妇将她扶进二等病室去了。

我趁便问那"仁丹胡子"的医生，她的病有危险没有？

他想了一刻，用他的不甚流利的中国话回答："危险，不敢说……没有，再等一晚看，看看还发不发热，痛不痛。你懂不懂？要是盲肠炎，就该用手术。"

"用手术？……"我呆住了，但我知道盲肠炎是免不了手术的。

"对,用手术,就是剖肚,懂不懂?"

"懂!……"我身上的衣服已经给汗珠湿透了,四周的空气似乎忽然加热起来,我的心跳得厉害,接着问:

"有危险没有?"

"危险?说不定!她的身体不很好,不知道麻醉的时候……"

看护妇拿了旁人的一个病单进来了,我只得茫然地走了出来。

美丽的穿着白色衣服的日本看护妇,一个个地从我身边走过,迷人的香气,顺风飘到我的鼻里,然而我无心赏鉴这一切的诱人的灵魂。我一直走到她的病室里。

她在靠窗的床上躺着,白色的被褥,白色的枕儿,白色的床,以及一切房中白色的桌椅的陈设,更衬出她的脸庞的鲜红。我摸摸她的额,额上仍是滚热的。

"你同医生说了些什么?"

"没有什么。"

"我的病不很好。我想我的妈妈,想得厉害。这是不好的!"

"你不要害怕,宝宝,医生说你的病不要紧。"

"你不要哄我……我想我的妈妈。"

"好,我写快信叫你妈妈来。"

"不,那样一定把她急坏……"她想了一刻,问:"医生说要用手术不?"

我知道她平常胆小,一定怕用手术的,只得谎着答:"没有说……"

一个胖胖的看护妇拿了温度表走进来了。她做做手势,似乎要我走出病室去,她说病人不能多说话。我握着我爱人的手,怅然地坐在床沿上。她微微笑了一下,走出去了。

我们俩眼睁睁地对望着,她的泪珠儿不住地滚下来。我忍着眼泪,用手帕揩干她脸上的泪珠,低声说:

"宝宝,你应该忍耐些!"

"忍耐?我怕这次要死,我怕见不着我的妈妈……"她流着泪,说。

"死,不会,不许说!"我连忙阻止她。

"真的,我死了呢?"

"我也死了!"我觉得愈说愈伤感,便用手闭着他的嘴,说:"不许再说了!"

她痛苦地闭起双眼了。我望着她发热的鲜红的脸庞,想起了她的话以及"仁丹胡子"医生的话,心中有说不出的无限忧愁;她的身体是这样弱,用手术时的麻醉真是一件危险的事情!……

一个月前 C 学校的 S 姑娘不是禁不住麻醉而在施手术时一去不返吗?她同她患着同样的可怕的病……那样美丽而可爱的姑娘,一去不返了!……假如她也像 S 姑娘一般,一去不返……怎么好?……

死!唉,可怕的死!有爱人的人是不应该生病的!……

我真怕想下去,我忍不住我的眼泪,只好让它滔滔地直流了。

"你……你不要伤心了……"她张开眼来,无力地说。

我连忙擦干我的眼泪。

"你还是回家,叫李妈来陪我。"

"不，我在这里陪你，今晚不回去。"

"你还是回去，叫李妈来，你还没有吃晚饭呢。"

"我还要来……"我握了一握她的手，走出病室了。夕阳照在屋角之上，我知道时候已经不早，医院的诊室里已经冷冷清清地没有人了。黑夜不久就要来了罢，我害怕那危险的残忍的黑夜。这仅有的恐怖的黑夜呀！我的爱人的明天的命运全握在他的手里！晚风吹起了地上的灰尘，灰尘弥漫了眼前的一切。我坐在那送她来的汽车中，我的心好像压迫辗转在沉重的车轮底下，随着急速的车轮的走动而震颤得碎痛了。

四

李妈已经到医院去了。

我躺在藤椅上，休息了一会。

我想闭起我的双眼，但是我的眼皮好像有什么东西在牵制着的，只是闭不起来。我仰望着这方块形的房子，这裱糊精美的小房间，这房间内一切的整齐的陈设，全是她亲手设备的。四壁挂着她所绘的菊花。那菊花是永久鲜艳着的呀，我那绘菊花的人儿呢？屋外传来卖鸡蛋的声音,卖花生的声音,以及卖晚报的小孩的声音。这种种嘈杂的声音,使我觉得脑痛头胀。我诅咒这热闹的环境。我感觉屋内的空虚,仿佛缺少什么似的。我很想张开口来,大声地喊:

"我的宝宝!"

似乎有什么东西塞住我的咽喉,我只是喊不出声来。我张开我的两臂,想拥抱些什么,但我拥抱着的只是我自己清瘦的肉体。四周书架上堆满了书籍,只引起了我心中无限的烦恼。

"知识原来是不能给人们半点安慰的呀!"

我站起身来,走进卧室,看见那对摆着的两张床,我躺在她的床上,想寻找她的遗留的芬芳的声息。但我感着床上的被儿、枕儿全是冷冷清清的。我那温柔而美丽的人儿呢?

"有爱人的人不应该生病的!"

我真想放声大哭起来,如果能够大哭一场,倒也痛快,可惜泪不慰我,欲哭不能。我走出房门,看见窗台上摆着她日前在护国寺买来的两盆月季花,在晚风中摇曳着。花儿似乎也在纪念它的主人吧?我迷恋在这寂寞的空屋中干什么呢？我告诉仆人好好地看门，便捧了两盆月季花，带了几本书，仍旧跑到医院去了。

她闭了双眼，很安静地，似乎睡着了。

李妈坐在靠床的椅上，做做手势，叫我不要惊醒她。

我把两盆月季花放在床前，趁着灯光，看见她的脸庞还像玫瑰花一般鲜红。

我打开房门，便想走出去。

她已经醒了，说："你……来！"

"你好好的睡吧。我走了。"我说，又暂时站住。

"你不用回家了，就在附近的旅馆里睡一晚罢。明儿一早……"

"好，明儿一早就来……"

我到哪里去度过这可怕的一晚呢？东城有很多熟悉的公寓，公寓里有很多熟识的朋友。但我实在懒得去惊扰他们。况且旁人绝不会了解自己的悲哀的。悲哀时去拜访朋友是怎样无聊啊！PC 书局去混一晚上罢？老品又太忙，晚上要算账，洋钱叮叮当当的，究竟不便。想着想着，已经走到王府井大街，看见灯光辉煌的大安饭店，便不由得走了进去。

五

这是很精美的一间卧房，床的对面，摆了一面很大的穿衣镜。内面有一小间，放着澡盆；房内陈列着软椅、衣柜、书桌、电铃、电话，应有尽有。我到北京已经六年了，这是我第一次住进这精美而阔气的旅馆。

我打了一个电话到同仁医院去，告诉李妈，我今晚住在大安饭店。

"小姐已经睡着了。"李妈在电话中说。

我的确有点倦了，挂上电话机，便倒在床上，床前的穿衣镜里现出我自己可怜的孤单的影子。

我想，要是她没有病，也住在这里，是怎样的快乐啊，我们将双双的躺在床上，对着这光明的穿衣镜，在这光明的电灯底下。

然而可惜她不在这里，而且又病了，而且病得厉害。

不知道她今晚发不发热，肚中是不是继续的痛？

上帝啊！但愿她……

不知道明天会不会用手术？

有危险没有？

假如有危险，怎么办？

可怜，我们还没有结婚！

结婚又算得什么？我们是永久恋爱的。

假如她死了……

有爱人的人是不应死的。

然而真死了呢？

我也要死了吧，没有她，我不能生活！

L老师已经走了，不知道他那瓶毒药，曾带走了没有。L老师有一把日本的切腹短刀，还有一瓶毒药，吃一点，就会死。不知道那瓶毒药还放书架上没有？我将去偷了来。

短刀，毒药……

恋爱，死……

我愈想愈烦躁起来了，我抱着床上的洁白被褥，我觉得被上仿佛有刺似的，刺得我难受。我仿佛肚饿，我记得我没有吃晚餐，但我又不想吃什么。我坐了起来，按了一按电铃，叫仆人倒了一杯咖啡！

好,似血一般浓的咖啡!

我需要抽烟,我叫仆人去买了一筒三炮台。

我喝干了浓的咖啡,抽着烟,走出房门,在休息室里踱了一会,顺便走进阅报室里去。

在阅报室里挂着的,有罗素与勃来克女士的相片。原来这一对到中国来的恋人的哲学家,也在这个旅馆内住过的。

我乱翻了半天的报……觉得没有滋味,便在沙发上躺下了。我抽着烟,看着一缕一缕的烟轻云淡雾似的从我口中出来,暂时感觉舒服。然而我平时是不会抽烟的。

一个女郎走进来了,是剪了发的,身上穿着黄色的蜘蛛网似的条纹的淡绿色的长袍,瓜子脸,装束以及一切举动,正像我的病了的爱人,不过略胖了些。

这是谁家的小姐?到北平来玩的罢?我抽着烟,瞪着眼想着。她在我的对面的沙发上坐下了。她低着头翻看报纸,双腿交叉地坐着,并没有半分小家处女害羞的神气。

她的确是美丽,愈看愈美丽了,最动人的是她流动的眼睛，在报纸上旋转着的。如果我的爱人没有病，而且肥胖一点，就可以同她一般的美丽了。我想。

自己的爱人病在医院里，在这里偷看旁的女郎，是怎样的不可饶恕的罪恶啊！我又想。

我踱出阅报室了，然而当我冒着罪恶回头瞧她时，她的目光也正在那里注视着我，报纸杂乱地摆在她的膝上。

诱惑，美的罪恶的诱惑啊。我躺在床上了。然而我的心却更不能平安：

为了美而冒犯罪恶是有价值的……

我对我的爱人不应该不忠实。

偶然的相逢，怎样可以发生意外的痴想？

自己的爱人还病在医院里……唉！

那是谁家的女郎？我应该知道她的姓名。

呀，明天……可怕的明天……

如果她明天就……

如果她死了，我应该 Dante 一般的，为她做一部《神曲》。

呵，我的 Beatrice……

那也是无聊……《神曲》……无聊的文字……

如果她死了,我把她葬在西山之巅,我便终身住在那里,看守着她的坟墓……

死者不可复生……

无聊……自杀……L老师……毒药……

如果我也一同死了,我一定写下遗书,叫朋友们把我俩葬在一起。

然而那也是无聊。就是双双葬在一起,死人不能言语,不能拥抱,不能 kiss,不过是一对骷髅罢了,不久将变为尘土……

爱情是永久的。火不能烧掉它,水不能冲散它……

那有什么凭据呢?

那也是说谎,做梦,欺骗!

恋爱……结婚……

一起都是虚空的虚空!

那可爱的女郎,不知姓甚名谁?有爱人没有?……

我不能那样想!那是罪恶!

但愿我的医院里的爱人明天平安!

我的烦杂的头脑，想得似乎发烧了，但我即刻知道自己并没有病。在光明的电灯底下，从床上对着前面的穿衣镜一望，我很奇怪我自己脸庞的绯红，而且似野草般的胡子有三天没有刮了，嘴唇的上下长着一个黑圈，似乎不很雅观。然而我的爱人已经进了医院了，还要刮什么胡子呢？我很想安定自己的心神。把床上的电灯捻灭，紧紧的闭着眼儿，在黑暗中，似乎穿着黑衣的女郎，正姗姗地站在我的面前，耳畔更仿佛听见她的呻吟的声音。我忍不住喊出了声："我的宝宝！"

"有爱人的人是不应该生病的。"

我把电灯又捻开了，数着窗外的沉重而迟缓的钟声，已经是两点钟了。午夜已经过去，而我的左右的房间里，忽然先后都闹热起来！

这边是胡琴声，开始唱着"嗳，嗳，呀……"的小调声；那边是唧唧哝哝的男女的谈话声；接着是嬉笑声，戏弄声，似乎在澡盆里捣乱的泼水声，铁床摇动声。我凝起神来细听，然而又听不清楚。

"你们这些狗男女！这些可诅咒的东西！"我忍不住暗暗地骂了起来。

把被儿推开了，我找出日间带来的几本书，然而我随手拿着的却是一本《金瓶梅》。这是怎样诱惑而又可爱的书籍呀，我不能细看，只能抱着书儿冥想了：

是初春的一天晚上，时候已经不早了，她洗了脚，又洗了下身，赤着脚在房中走来走去，似乎就要睡觉了。

我说："宝宝啊，你洗干净了，我欢喜你。"

她听了，横了我一眼，说："我不要你欢喜。"

然而我知道她心中是快乐的。

我说："宝宝呀，你要睡着了吗？让我给一本书你看。"

"什么书？你还有什么好书！"

我随手便拿出我日间在琉璃厂买来的《金瓶梅》。她看一看书的名字和绘图，便很生气的丢在床下了。

"这样的书就该烧了。"她说。

然而，最后的结果，这部书并没有烧，而是我们俩躺着在床上一同看完了，整整的看了一夜。

呵，那最可纪念的一晚！我们同居已经半年了，只有那一晚，我们是赤裸裸的从上床一直抱到天亮。

我把手中的《金瓶梅》丢在枕边，再也不能翻开一页了，我觉得浑身都热了起来，似乎床下在燃烧着火炉似的。我不能再躺在床上了，便穿了拖鞋，走出房门。

休息室已经没有人了，然而楼上楼下的房间仍旧很热闹。那里的狗男女们都正在行乐呢。可诅咒而又迷人的夜啊！我信步走进阅报室去，刚进门，便失惊地退出来。

"先生，还没有睡吗？"说这话的中年黑脸男子是饭店里的账房，我初进饭店时领教过的。

然而他的身旁却坐着那美丽的剪发的女郎。他们都不好意思的站了起来。她穿了淡红色的睡衣，赤着足，更显出她的天真和妩媚。

疑云布满了我的心头，我退回自己的卧房了。

他们是不是父女？照刚才的神气，不像，因为他们正在密语，而且她是那样赤足露肉的风流神气啊，简直像一个妓女。究竟她是怎么样一个人呢？

如果是妓女，呵，那样迷人的美丽的妓女，我应该……我不该失去这仅有的机会！……

那是罪恶，趁自己的爱人病在医院的时候……

管什么呢!一辈子只敢爱一个女人的男子是傻子!

我忽然决心地站起来,按一按电铃。

一个睡眼朦胧的仆人进来了。

"你们这里有没有妓女?"我问。

"有!……"

"那剪发的,是不是?"

"是!"

"叫她来!"我兴奋地说。

"是,先生,打茶围呢?还是住夜呢?打茶围,五元;住夜,十元。"仆人很恭敬地说。

"打茶围。"

六

她坐在我的床边椅子上了。她已经脱去睡衣,穿着湖色的短衣和短裤,没有穿裙子。精赤的足上已经套上丝袜了。吞云吐雾地抽着香烟,越显出她的可爱和妩媚。

这样美丽的女郎,想不到却是一个供人玩弄的妓女!

"贵姓?"我握着她的手,问。她的手很洁白,而且很光滑,正同常握着的我爱人的手一样。

"姓叶。"

然而我立刻疑心她是在说谎,我恐怕她并不是真的姓"叶"罢。做妓女的人还肯将真姓名告诉人吗?然而这有什么关系,虚伪和美原是不可分离的。

"你真美!"我不由的颂扬地说。

她微笑了。笑容里面似乎很奇怪我的傻。

我越看越像了,她的整齐剪短的头发,那明星一般的流动的双眼,那鲜红的嘴唇与整齐而洁白的牙齿,不是正像在病院中我的爱人吗?只是她比她健康而肥胖一些罢了。

瞒着自己的爱人,在外面私恋着妖荡的妓女,究竟是不可赦的罪恶,而况可怜的她还在病中呢?说什么"你死,我死"的话!原来都是虚伪。我不由的想起她平日常说的话:"你们男子都是靠不住的!"

我暂时沉默了,然而我的手还是握着她的手。

"先生,从哪里来的?到京里有什么公事?"

这问题叫我更羞惭了,然而我只得老实说:"我就住在西城。因为我的女人病了，住在同仁医院，所以我暂时住在这里……"

"你的夫人也是女学生吗?"她不等我的话说完，就插口。

"是。"我的内心一转，接着问："你也是女学生吗?"

"是。"

我不相信女学生会当妓女。然而眼前陈列着的正是现实的标本，我有什么法子否认呢?

"你在什么学校读书? 看来你年纪还很青吧?"

"我今年二十岁。我在……"她停住一会，又说："哈，我的学校不告诉你。"

呵，她比我的爱人少一岁，算是她的妹妹吧。如果她有这样美丽的妹妹…如果她知道她的妹妹是在当妓女?……如果这妓女就是她的妹妹?

我很原谅她不肯说出学校的名字。

"你累了，到床上来躺一会吧。"

她毫不迟疑地躺在我的床上了，然而她不肯和我躺在一个枕儿上。

……

"初次见面,规矩一些罢。"她连忙躲开我……

我终于感着羞惭。我说:"你为什么干这件事?你为什么不好好地读书?你家里有什么人?"

"你,你不是侦探,干嘛这样盘问我?"她似乎很不高兴。

"我是替你可惜。"

"谢谢你的好意。"她虚伪地笑了。

我抱着她,正同抱着我的爱人似的。我说:"你不该当妓女!真危险!梅毒!"

"你不该嫖妓女!真危险!梅毒!"

我被她说得不能开口了。

"你这小滑头!"我用手呵着她的咯吱窝,她忍不住地笑了,然而我的心是酸的,我想起在医院里的病床上的爱人。

房外沉重的钟声又响着了,已经四点钟左右,房间中的喧哗的声音也沉默了,一切都休息在夜的浓睡里。

"我倦了,想睡。"她揉揉眼皮,说。

"你就在这里睡,好不好?"我相信我说这话并不曾含着什么意外的奢想。

"也好。"她想了一会儿，又说："只是倦了。"

她张开倦眼向我望了一眼，就开始解了衣裤，睡在被窝里去了。这爽快的态度叫我有些吃惊。她从被窝里伸出头来说：

"如今不是打茶围了。"

我知道她说这话的意思，便从皮包里取出十元钞票给她。她笑着抬起身来把钞票藏在床沿上的衣袋里。催我说：

"你怎样还不睡？"

我觉得十分恐惶了，我的心好像是摆在烈火上烧烤似的。

"你还怕羞吗？"她在取笑我。

"我不是怕羞，我在想我的——"

"你的，什么？天下的女人不都是一样吗？"

七

我是陷在深坑里的野兽，身心都已受了重伤了。我的赤裸裸的身子像死尸的躺在她的身上，我的口趁在她的耳边，问：

"你是学校里的女学生,怎么来当妓女?"

"吃饭,吃饭,要吃饭哪!我自己要吃饭,我的妈妈要吃饭。我自己还要读书……"

"那么你为什么不做工呢?要吃饭的人就得做工。做工是神圣的事情,卖淫才是……"

她打断我的话,说:"卖淫是什么?是卑鄙的事情吗?你说,偌大的北京城,哪里有女子做工的地方?工厂在哪里?北京城里有知识的女子,除了做小学中学教员外,试问还有什么高贵的职业?年来政府闹穷,薪水又是老不发。北京城内男教员好多丢下教鞭去拉洋车了,女教员也只得丢下粉笔去当妓女……"

"你难道还是一个女教员?"我更奇怪了。

"是的。我是一个女教员,也是一个大学生。我每日上午到大学去听课,下午到小学去教三小时的体操音乐。我的母亲是六十岁了,父亲早死。我家在光复以前,原是很有钱的哪!光复那年,旗人财产多没收了,我们便什么也没有。我的母亲供给我在中学毕业。首饰衣服完全卖光了。我进大学便只能半工半读……"

"我每天上午读书,下午教书,一个月从小学里拿到十八元的薪水，我们母女两个靠着这点钱糊口。去年政府闹穷，半年不发薪水。起初两个月我靠着借钱度日。又一次我向一个同乡的小官僚借钱，他一个钱也没有借给我，反带讥笑的神气说：'我想，现在的男教员还不如去拉洋车，女教员还不如去当妓女！'这两句话给我的印象太深，我简直哭了好几天。我的母亲是年老的人了，冬天没有棉衣穿，只是穿着夹衫，躺在破被里。又因为每天只喝几碗粥，营养不够，于是便生起病来，发热咳嗽，延到去年年底几乎死去——"

她说到这里，眼里充满了热泪了。我连忙……用手帕替她揩干眼泪。她的脸忽然严肃起来，很神气地说：

"我为了救我的将死的母亲，和我自己，我便老老实实地去当妓女。我大彻大悟，觉得人是应该活着的，死亡是一种罪恶，比任何罪恶还大。为了延长生命而犯罪是不得已的。我老老实实把小学教员辞掉，上午去读书，下午便到这个旅馆来秘密卖淫，已经有几个月了……

我用自己的肉体，给人玩弄，养活自己和母亲。我接过几十个男人，男人要的是我的肉体，不问我的心，我也不把我的心里的秘密告诉他们。今晚你一定要追根打底地问我，所以我老实告诉你。"

我的心似乎被烧烤而发焦了，我不住用我的朦胧的眼去望我身边的可怜人，我觉得她的脸上充满了光辉，是崇高而且庄严，仿佛天上的安琪儿。

她看了一看手表，说时候已经不早了。我起身来把衣服穿好。

"Good-bye!"流利而娇滴滴的英语，从她的口里说出来，她站起来就走。

她已经走出房门了，还回转身来，向我凄凉地微笑。

我的确也十分疲倦了罢。躺在床上，抽着剩余的三炮台香烟，似梦非梦的，回忆着过去刹那间的事情。哎，美丽而可爱的姑娘，为了你迷人的妩媚，我背着我的爱人，犯了从未曾犯过的罪恶了。然而这是我自己愿意的。黑夜快要过去了吧。在医院里呻吟着的我的爱人，身上的热是否已经退尽？腹痛是否已经停止？明天是否要手术？用手术时是否有危险？在这些烦恼迫切的问题上，又加上你这初次相识意外的问题了：你的卖淫，是为了贫穷，为了你的妈妈，为了你自己的学费和衣食，你才来干这下贱的皮肉生活的，那些依赖爱人以生活的女郎，比之可怜的你，在人格上也许更下贱更卑劣罢？你是零卖自己的皮肉，她们是整批的一次卖掉了。你这美丽而可爱的女郎呀！你的美丽的肉体不久将摧残了，中毒了，溃烂了，你的受难的生命也许将短促得像水一般的容易消灭罢。可爱的是你的灵魂的洁白与安宁。你和我的在医院中的爱人，正是一般美丽而且可爱的呀！我有什么能力呢？同是在这万恶的经济制度、阶级制度、资本主义的恶魔脚爪底下挣扎的人！

沉沉的黑夜快要过去了。我们生命上的黑夜何时才过去呢？危险或是平安的消息已经近了。我将去预备我的短刀或毒药，要是我的医院中的爱人……

八

"先生，信哪！"

仆人在床前连声地喊着，我朦胧地睁开眼来，朝阳从窗外照到床上，从仆人手里交来的是她在医院里用铅笔写着的信：

小宝宝：

从你走后，这一间房子里立刻更沉寂了。我厌恶那光明的电灯，叫李妈将电灯捻灭。但是我见了黑暗，又觉得害怕，因为没有可爱的你在我的旁边呀。我于是又叫她将电灯捻开。

医生拿药给我吃，接着又是看护妇试温度，我觉得肚痛好了些，热也渐渐退了。躺在床上想看书，李妈不许我看，闭着眼儿凝想，脑子格外兴奋，再也睡不着了！我只听见索索的老鼠的声音，又听见第几号病室里的小孩的哭声。我想，要是妈妈在我的旁边，我一定要哭了，要是你在这里，我也一定要哭了。因为觉得没意思，睡在这里啊！

外面水管子滴水声，那样绵绵的滴水声，使我想到在杭州的雨天——檐下的滴水也有这样的劲儿。接着又想到杭州街道上的一块一块的石板，被雨冲洗干净滑淌的样子，有许多行人，撑着雨伞，穿了钉鞋，在石板上走出许多细碎的响声。呀！我仿佛又到了杭州一般。

我在床上转侧了一夜，不曾安睡，然而我相信我的眼睛是闭得很紧的。所以今早睁开眼来，觉得酸痛难受。

窗外有两株洋槐——浓绿的叶层层地覆盖了，阳光偶然穿到它们的空间，或是反射，显出很美丽的柠檬黄的颜色,于是我又想柠檬的香味了。从树的空间也可以望到对面的高楼,高楼的红墙,一格一格的黑色的窗,我很闲暇地躺在床上望着,反复地数着,其中我最爱看的,还是洋槐树上的几串白花。

我的脖颈很吃力,因为躺着看。

我的热已经退尽了,而且腹中也不痛了。只是没有力气些。我觉得有些饿,不知道能否吃东西。

李妈在煮粥了。我只望你快来呢!

你的宝宝　倚床

我快乐地跳下床,按了一按电铃,仆人匆忙地来了。我高兴地说:

"打脸水……算账……雇一辆洋车,到同仁医院!"

病中作于北京,后隔了两年重改一次。

一九二七,五,八

小娇娘

序

如果有人把小说当事实看,他就是一个傻子。

一

想起来,是两年前的事了。那时我的身体还没有好,除了写写随笔以外什么事情也不愿做,躲在虹口的一个小楼上,朋友们来的也很少。有一天,我接着一封信,是个姓陈的女士写来的,那个女士叫做陈芳。信中的大意,是说,她的一个女朋友,为了某种嫌疑,捉到司令部去了。问我能否为她想法,托托我们的老师蔡先生写封信去保她。信中说捉去的女子姓张,名璐子,是个爱好文学的十八岁的青年女郎,捉去实在冤枉。那封委婉的信十分打动我的心。因为我生来有一种下流也许是特别的脾气,对于女人的事总十分热心,虽然碰的钉子不少。我于是马上写回信,说可以想想法子,但不必找蔡先生,因为那时我有一个北大同学在党部做委员,可以托他去想法,姑且试试看罢。过两天,那陈女士来了,她和张女士同是大亚大学的学生,据说张女士的被捉,是因为有甲乙二生,同时爱她,甲生失败了,于是便乱造谣言,说张女士是共产党,因此捉去了的。

陈女士是矮胖的身材,说的一口绍兴话,不施脂粉,脸上现出天然的健康颜色。她一个星期内竟到我家中来了三次,我们竟成了很熟的朋友了。

"密斯陈,张女士很漂亮罢?"有一天,我忽然忍不住的问了。

"是的,在大亚大学,她也算是 Queen 呢。"陈女士答。

"女人漂亮总危险"。我又开玩笑了。

"那并不是女人的过处。女人漂亮,是她们自己的事情。没有讨厌的男人害她,是不会危险的。"对于我的谬论,陈女士不佩服起来。

我没有反辩的余地了。……

"你同陈女士很接近罢?"

"是的。"

"是好朋友,是同性恋爱罢?"我说话又不留心起来。但,现代的女学生,的确有很多闹同性恋爱的。

"不是。"陈女士脸红了,但她又很豪爽地说:

"我们是母女之爱,璐子爱我,正同妈妈爱我一样的。"

"怪不得你这样着急,原来是你丢了妈妈!好,我们大家一定要想办法。"

我的心中的担负渐渐重起来了,自同陈女士往来几次以后。我本来是不大出门的,但这时也时常在秋风中奔走了,虽然严肃的秋风,吹得我咳嗽发热,但我也不以为苦。因为我的心中添了一股新的力量,而这新的力量,是一未曾见面的虚无缥缈的女子给我的。

但营救的手续的确也不容易。北大的同学,阔的是很多。我一向不愿同阔人来往,如今为了一个青年女子,仆仆于阔人之门,自己也觉得有些害羞。而况,共产党的嫌疑犯,是不能营救的,你如果营救共产党,你自己也有嫌疑了。

光阴易逝,看看秋尽冬来,虽然也有一两个在党部里的朋友,写了一两封八行书到司令部去,但结果是渺无消息。陈女士到司令部监狱去望她,说是,开审了几次,一点凭据也没有,只是没有阔人去保,所以不能出来。那审她的军法官却有时威吓她,说:"你的凭据是没有的,可是你的性命却在我的手里。我要你活就活,要你死就死!"我更替张女士担心了。

好几天晚上,我都不能睡觉。妻怪我为旁人担心是无所谓的,然而我却不以妻的话为然,以为妻太自利了。

二

一连两星期,没有看见陈女士来,我的心,似乎焦急得要着火。我又忽然病了,不能出门。那一天,天气是阴沉沉的,我正坐在床上望窗外的闲云,忽然妻匆匆

的跑上楼来,说是有客。我说是谁,妻只笑了一笑,说:

"是你想的那个人来了。"

我连忙穿衣起来,走下楼梯,我的心似乎同小鹿一般,跳得很厉害。

客厅上坐着两个青年女子,一个是陈女士,一个就是几天来念着的张璐子。

她们两人穿着一样的绿绒短衣,一样的黑裙,一样的绿呢大衣,上面围着皮领。

"密斯张辛苦了,几时出来的?"我问。

"前天下午。"张女士答,低着头,似乎有点害羞。

我放眼看去,张女士似乎比陈女士高半个头,是不长不矮的身材。剪短的头发,衬着白里带红的面庞,颇觉美丽,一双乌溜溜的眼睛,十分灵活。她举止谈吐,都带着小女孩娇羞的姿态,而又很大方的,一些乡下气没有。

……

陈女士开口了:"璐子前天出来,就想来看你。可是她的母亲从乡下赶来,把她抱住了。璐子在狱里三月，没有瘦什么，她的母亲却瘦了许多，见人就问："我的女儿怎么样了？我的女儿怎么样了？"璐子的爹爹，为了璐子，到上海来奔波求人，弄成一场大病，现在还卧在吴淞乡下的家中。她一出狱，就有人回家去报信，璐子的妈妈就赶来，抱着璐子哭了一晚。她要璐子回到乡下去，不要念书了。璐子是用功念书的，只回家里住了一天，看看爹爹，马上又回上海来了。她一到上海就来看先生——"

"我是用不着感谢的，因为我没有什么力量。这时代，真是一代不如一代了，随便可以捉人。青年的生命就同蚂蚁一般，随便在军阀的脚步下踏死。"

"军阀固然不好，可是那诬告的青年更无聊。"陈芳说。

"学校为什么不惩罚他呢？那害人的东西！"我愤怒了。

"他一面在大亚念书，一面还当司令部的侦探，学校当局也不敢怎样他。"璐子说。

"璐子想转学校呢。她想下学期转到新华公学去，一来是离家近些，二来是省得再碍侦探的眼。"陈芳说。

"那也好。如果转学，我可以帮忙，因为新华公学的校长是我的好朋友。"我自告奋勇了。

我们三个正在谈话，妻从上面下来了，装了两碟瓜子、花生，我们于是剥了瓜子、花生，再谈下去。

"就请先生想法吧，真是费神的很。"璐子说。

"好的。"我说。

妻在旁边，我们的谈话也严肃了一些。陈芳却仍旧跳跃着，对妻说："我喊你姊姊好不好？好不好？"

"不好！"我说，"你喊他姊姊，璐子不是成了你们两人的妈妈吗？我不是成了璐子的女婿吗？"

于是大家都笑了起来。

三

雪花在飘飘地飞了，江南的冬雪，并不像北方的冬雪一般，使人可怕。雪花到了江南，也有几分温柔了。那天的上午，我正在凭窗看雪，却接着璐子的来信。

先生：

学校已经放学，陈芳也回绍兴去，我一个人在学校里，真是有些寂寞。我因此很想先生和夫人来谈谈玩玩。

这里附近的兆丰花园,倒是可以看看雪景。来吧,先生,我在这里等着你。

可怜的璐子

我到上海四年了,却没有到过兆丰花园。兆丰花园可以不去玩的,璐子怎样也可以不去看呢。我接着璐子的短信,有点飘飘然了。上午随便看看《唐五代词》,午后照例是要睡午觉的,却辗转反侧总是睡不着觉,尝了一些相思的滋味。

"到兆丰花园去看看雪景好不好?"

"不好。天太冷了,也没有什么好看。"

妻照例是不喜欢玩的,我也不便强迫她。三点钟后,我便穿起雨衣走出门,风很大,雪花吹在脸上很冷。我也不觉得什么,雇了一辆汽车飞奔到大亚大学去。

大亚大学在上海的西郊。汽车经过兆丰花园,到郊外的时节,地上已经铺了厚厚的一层白色了。远远近近很少行人,只有几辆汽车在雪花飞舞的大地上狂奔,打破了宇宙的寂寞。

到了大亚大学以后，经过一个小桥，便是女生宿舍了。女生宿舍与男生宿舍对立着，中间界以小桥，于是大亚大学的学生，便叫那桥是"相思桥"。我下了汽车后，走到女生宿舍号房去问。停了一会，女仆回来了，说："张小姐正在洗头发呢，叫你等一等。"我于是在会客室中等着。虽然是下雪，会客室中也有一对对青年男女学生喁喁情话，越发挑动了我的寂寞的心弦，只希望张璐子快出来。

十分钟后，璐子来了，头上洗湿的头发似乎还没有干。她穿了一件很旧的绸衣，手中拿了糖果饼干，用小纸袋儿装着，说：

"陈芳说你爱吃糖呢。我来迟了，实在对不起，请你吃糖吧。"

我吃着糖，也不懂是甜是酸，眼睛只是望着璐子，一会我就说：

"汽车还在等着呢，我们逛兆丰花园去吧。"

"好的。"

她出去换了衣服，穿上大衣，我们便坐上汽车了。因为有些冷，我们靠得很紧。她戴了手套，我把她的手握着,顺便将她的手套脱下。她的手很滑而且很暖,我的心也渐渐温暖起来了。

"你的好朋友姓陈,是不是?"

"你怎么知道?"

"陈芳告诉我的。"我说,接着又问:

"他是你的恋人哪?——"

"不过比较好一点的朋友罢了,人家都说是恋人,我也没有法子否认。"

她的脸渐渐红起来,似乎是白云中添上一层红云,我想凑上去 Kiss 一下,然而我不敢。

车子到了兆丰花园,我们下车,打发车子走了。园中一个游人也没有。大雪仍是纷纷地下,她不住用手掠过发上飞雪。我们拉着手走,一些也不觉得寂寞和寒冷。

我们找着一个小亭坐下,没有雪花捣乱我们,我们更开心了。我们把两把椅子拉到对面坐着,我的手紧紧拉着她的手。

我先问详细了她家中的情形,知道她家里的爹爹在北京政府做过官,后来改经商了。在吴淞江附近,有几百亩田，也算是小地主了。她有一个弟弟一个妹妹。

"爹爹待你好吗？"

"好是好的，只是爹爹有点势利。"

"妈妈更好了？"

"是的。可是妈妈爱我，却不了解我。我想做一篇小说，叫做《两个不相同的心》。"

璐子的天真使我爱上而且迷住了。我说：

"我们这个时代，做人是很难的。这是新旧交替的时代，我们的父母代表旧的，我们代表新的。然如屠格涅夫所写的《父与子》一般，演出思想冲突的悲剧。"

璐子默然了，低下头来。她的态度因害羞而觉得更加妩媚。

我想 Kiss 她一下，然而我不敢。

"尊夫人是有孩子了吧？肚子那么大。"

"不是，她是有病。"

"是膨胀病吧，那是危险的。你怎么不替她医？"

"医了不少的医生，中医西医，什么医生都医过了，只是医不好。"

"那是危险的，应该用手术。"

"用手术也危险,医生说过了。"

我们都暂时沉默起来,她低头望地上的雪,我觉得悲哀在侵袭我的心,我的心由温热而寒冷了,我只是茫然地拉着她的手。

公园里仍旧一个人没有,天色渐渐晚了,几处寒鸦,啼破了大地的沉寂,雪花飘飘地飞,到处屋宇庭园楼台竹木,都披上白色的素衣,我们紧紧地握着手,在冷风中,然而,我们始终没有 Kiss。

四

我同璐子的感情一天一天地加热起来了。璐子每天有信给我,我也每天有信给她。虽然妻的脸色有时很不自然。

寒假中,璐子回家住了几天,病了,她在信中说:

> 不知道怎的弄得病了。病的滋味是很苦,然而是小病,又在家里,病却成了甜蜜的一件事。病了,妈妈整日地来抚视我,还为我特意的调制可口的饮食。我记起小的时候,为想整个地占着妈妈的爱,和吃好的东西,往往躺着装病。可是在前天,我已经完全地好了。我正恨呢,好得太快了。

这是何等可爱撒娇的情态。我想起自己少时在家，也有这种撒娇情态的。但我总觉得现在是老了，没有勇气去追求璐子的爱。有一次，我去信告诉璐子，说：

> 人老了，我倒听见过世有不老的灵药，至于心老了，却没有听见过有什么医心的圣药。教我将什么来告诉你呢？喔，我想到了，我家里的弟妹们，他们都有幼嫩的心，我想剜下来装在你的胸中好不好？只不过他们都是木呆的蠢物，抵不过你的玲珑。

我的确浸在狂热的爱河中了。璐子从家中回来，住在堂兄瑞寿的家里。我常常瞒着我的妻，到瑞寿家中去玩。瑞寿对我也很好。璐子有一次带我到她的房中，拍拍她的床，说：

"这是我的床，你躺躺吧！"

然而我除了拉着璐子的手以外，一点动作也没有。好几次，我同璐子在外面，玩得很晚，我总用汽车陪璐子回她哥哥的家。有一晚，我喝了很多很多的酒，醉了。我在车子上，紧紧地抱着璐子，然而璐子一声不响。我说：

"璐子,你的恋爱观怎么样?"

"我是赞成沙乐美的恋爱观的,我要约翰的头!"

说着,她睁大着眼望着我。我觉得又惊又喜,我的酒也醒了。

但我总耽心璐子的恋人陈君。有一次,我写信问陈芳:

"璐子同陈君同居过没有?"

"他们恋是恋的,同居却没有。"

陈芳又在信中告诉我,陈君是一个有志气的青年,做了很多改革社会的工作,后来得了肺病,回家养病去了。他恋璐子恋得厉害,整整恋了五年,他曾经为了璐子,跳到西湖里去,幸而被人救起了。璐子近来对他也很好,但他们还没有婚姻的形式。

陈芳是不赞成我和璐子恋爱的,但她是聪明的人,不肯明言,况且,这时陈芳也在信中叫我"哥哥"了,我们感情也很好。

这时最难对付的是我的妻。她的脸孔一天天憔悴起来,肚子病也越发厉害。她常常半夜哭泣。然而,在梦中,我想梦着璐子可爱的妩媚的脸。我的确忘记并且欺负眼前憔悴的妻了。

五

次年，新华公学开学后，璐子因了我的介绍信，进新华公学读书，她的成绩很好。

新华公学在海边，风景非常好。那里的学生近千人。前四年，我也曾因为生病在那里的海边，疗养了一个夏天，空气真新鲜。璐子在学校中有"小娇娘"之称。除了皇后、黑姑娘以外，她的美是为同学所称艳的。

璐子每天去上课，总有许多同学在路上等着，喊她："璐子，璐子！""小娇娘！小娇娘！"她却理也不理。

我那时在一个书局当小编辑，每星期二、四、六下午要到书局去。璐子每星期六都来找我，我们同到新雅吃晚饭。璐子这时总喊我"哥哥"了。她劝我搬到吴淞去住。她说那里空气新鲜，对于我的身体很相宜。淞沪铁路班次很多，来往也便当。而且，我们也可以天天见面了。

"怎样告诉我的妻呢?"我说。

璐子深深地叹息了,没有说话。走出新雅酒楼,在寒风中,我们携手走着,璐子轻轻的说着《圣经》上的话:

"让死人去埋他死尸,我们活人做活人的事吧。"

然而我的心没有那样强硬,我没有说话。

妻渐渐痛苦起来了,她当然知道张和我的事。有一天,我从外面和张玩了回来,时候已很晚,妻已经掩被睡了。在书桌上,我看见字条是妻写的:

> 我的心真的痛苦极了,我没有料到你会这样对付我了。现在你和张那样甜蜜的通信起来,教我在一旁痛苦,还天天说我怎样……想借词把我赶走。天呀!我是没有路可走的人呀!……现在你怎样变得这样快呢?……我不愿意医病,你也不要再说可怜我的话了!……我不留念什么,也不希望什么。我爱你的辛苦,只当是作了一场慈善事业好了!

我读了妻的信,过去妻为我生病而辛苦的事实,一时都涌到脑中来了。走到床前望望妻的脸,她正在眼泪滂沱,哭不成声。

然而璐子仍旧每星期六下午到书局等我。她比从前更妩媚了,眉毛也画得像杨柳一般的,轻妆淡抹,美丽逼人。书局中的同事,大家都看得醉了,说是"这样漂亮的女子,真少见!"璐子每次听见总红了脸。

仍旧是每个星期六在新雅吃饭。

"你再不到吴淞去住,我是不来了。"

"你不来,我去看你。"

"你也不用去,做你柔顺的丈夫好了。"

"话不是这样说的。"

"你一定不要去看我,我送你一张照片,算是临别纪念。"

那天晚上,大家都不高兴。璐子是黯然地走了。只有相片在我口袋中,寒风伴着悲哀的我回家。

六

璐子一连好几天不来信,我总想偷偷地跑到吴淞去,然而没有机会,妻是整天守着我。

我只有趁着妻到后房去的时候,偷看璐子的照片消遣。璐子很妩媚地坐在一个花园的门口，斜身微笑。那花园是璐子家所有的。记得有一天，她曾说："你要到我家里去住，我的爹爹妈妈一定很欢喜。我家有个小花园，春天开着很多好看的花，你可以去玩。妈妈整天煮鸡蛋给你吃，你马上可以吃胖了。乡下空气好得多，你的身体很相宜。"

"你不在家，我是不去的。"

"你去，当然，我在家里陪你哪。我也不读书了，陪你好了。"说着，她抿着嘴笑。

我整天做着和璐子一块的梦，自然对于妻的感情渐渐冷薄了。但我也觉得妻对我很好，而且，有病，很可怜。

我总趁着妻到后房的时候，偷偷地写信给璐子，自己在饭后到邮局去寄。那一天，寄信回来，桌上发现妻的字条：

亲爱的：
　　你早上偷偷地在看什么？我进门来，你就不看了而且走开了。我看见一本小词里有一张相片，我也看了一下，仍旧给你放在皮包里了。

但是现在这张相片不见了,我想一定是你带着出去了。

我那天给你的信,竟遍找不着,你捏去了,丢到什么地方去了呢?是不是寄给谁去看了?我现在觉得人生太乏味,而我更可羞耻,到今天还睡在你的身旁,没有勇气一脚踢开!

天下的事情很难料,我自己很忧愁,不知道我这个多病的人,将来要怎样结局!

你的身体还不好,我常尽力护持你,然而我的力量究竟是太微小了,还没有使你完全的健康,想起来很黯然!但我的爱护你,如爱护上帝,我的对你祈祷,也如对上帝一样,我的一片真诚,唯有上帝知道吧!

我的话都是废话,自己说出来也不见得痛快的,你看了也要讨厌,但我已经写出了。心情是这样的坏,一颗不完整的心仍是压在十八层石块底下,透不过一点气来哪!

你的人

妻的真情打动了我的心了。我说:

"我是对不住你的。"

妻哭了,说:

"你爱璐子也好,我愿意死掉。"

"不,我不能牺牲你的生命来换我的快乐。"

"那么,你不要爱璐子好了。"

"不,我不能忘掉璐子。"

"那样,我只愿不要活着。"

"我偏不要你死。"

妻哭得更厉害了。这样的争论,是没有结局的。只好大家抱着哭了。

璐子还是不来信。星期日的一早,天气很好,阳光照得空气很暖和,我也有点沉醉了。我告诉妻,要到虹口花园去玩。妻说:"好的。"

我从虹口花园的旁边,上了淞沪火车了,到吴淞刚十点钟。我于是在海岸饭店坐下,一面喝咖啡,一面就打电话给璐子。

璐子马上来了,穿着蓝布衣服,蓬松着头发,俨然乡下姑娘打扮了。她看见我,十分高兴。

我们沿海岸走去,在灯塔边的海滨坐下了。海面很平静,没有波浪。远处的云烟,秃了的树林,浦东沿岸的人家,历历如画。

璐子坐在我的身边,斜着身子。

"璐子,我想同你跑了,跑到欧洲去。"

"那是好的,我看你没有决心。你这个人,天生懦弱,做不出事情来。你只配做一个文学家。"

"不,我为了你,不想弄文学了。"

"我看你还是老实陪着太太好些。你吴淞也不敢来,不要说到欧洲了。"

我默然,望着璐子发呆。

停一会,璐子忽然睁大眼睛,很慷慨地说:

"告诉你,我的陈昨天来看我,他不久要搬到吴淞来。陈爱我多年了,现在他的身体更不好,患的是第二期的肺病。医生说他有些危险。我为了此一段姻缘,决意和他同居。一方面也可打断我和你的关系,我决意这样做了!"

突然而来的消息,使我昏迷了,我想不到璐子会如此果决大胆,如此外柔内刚。我的眼前发黑,我似乎不能支持了。璐子紧紧地拉住我,怕我跳到海里去。

我已经两年多不见璐子了,日本的炮火毁灭了吴淞的一切，璐子的学校也毁灭了。璐子与陈先生到哪里去了呢？就连大亚大学的陈芳也说不知道。我想是她不肯告诉我。然而我总常常想起璐子，在寂寞无声的深夜。深藏在衣袋的璐子的相片，也已经看得模糊了，我只有祷祝璐子永远幸福，她的陈先生也一样健康的生存着。

初　恋

镜君为我述他初恋的经过,我写了这篇小说。

我十二岁的时候,家里要为我托人去接洽到钱庄上去做生意,骤然因为钱庄老板染了神经病,信誉贸易都受了莫大的影响,大有摇摇欲坠之势。那家钱庄于是不再收学徒,母亲也不肯送我到这一个没有什么希望的店里去了。当时又找不着第二个机会,我只得在家里住了下来。在这一年闲居生活中,大半的时间,是在母亲的督促之下,一个人在书房里写写字,温习几本书,闲时便把家里的几本小说翻出来看。母亲也是爱看小说的。

最使我高兴的，是《三国演义》，其次就是《今古奇观》了。那两部书我都看了好几十遍。

看了《三国演义》不过凑凑热闹，看《今古奇观》却使我梦想卖油郎的幸福了。我的内心的热力，于是向一个十六岁的处女身上去消磨，这就开始了我生活中的初恋。

母亲的针黹是很好的，她很喜欢教授女孩子们绣花，很喜欢女孩子。可是她有两个孩子，还没有女儿。因此，她常常把人家的女儿，当做自己的看待。我的家庭里就常有青年们的足迹。她们是逐日围在母亲的跟前，弯着腰儿，垂下头来，用苗条的手指捏着绣花针，一边谈说欢笑，一边刺绣那些花花绿绿的花样。我这初恋时间中的情人也是其中的一个，她是姨母的女儿，那几年大半的时日是住在我的家里。她最能博得母亲的欢心，旁人看来以为是母亲的女儿。实际上，我们也和亲生的姊弟一般了，她喊我弟弟，我喊她姊姊。母亲不在家，我要什么都是她给我到箱子橱子去找。我们这样一群孩子，每逢吃午饭以后的休息期间，和太阳西沉以后，睡觉以前的时间，算是最快乐的时候，我们尽情的说笑，你逼着我，我逼着你，轮流讲故事，说笑话，猜谜，或是坐拢来玩骨牌。这些玩意儿，以前哥哥们也是参加的，不过他们的态度却有点不自然。我哩，在年龄上来说，我是这一群中最少的一个，我是真正的孩子，顽皮也特别厉害。我喜欢她，常常故意弄些事情去麻烦她。我偷偷地在她未曾绣好的东西上，以我这不纯熟的手绣上几针。或在她忙着刺绣的时间，去强求她为我剪指爪，或是请她代我缝点什么东西。她焦急地睁着双大眼睛瞪着我，可是把我没有办法，结果还是咕噜一声地笑了。我这样特别地和她顽皮，她也和我特别要好。

她有些时候要回家去的。轮着她回去的时候，我便感觉得不快活，等到她一来，我又觉得非常的高兴。有一次，她家里派人来接她，那时母亲正病了，我想借这个理由要求她不要回去。我便从书房里假托小便走了出来，跑到里面，母亲正睡着了。她正忙着收集东西，我想把这一句话向她说出来，可是又觉得有点怪难为情的，掉转头来跑到天井里，心里很是难受，好像要失掉个什么心爱的东西一般。书也不想去读了，便伏在水缸

边滴眼泪。一会儿母亲醒来,听到她告诉母亲说家里来接她,母亲的意见恰好和我一样,说她正病着,要她暂时不要回去。后来她说:

"唔,我也不打算去哩。好吧,等你病好了再回家。"

哦,我心里真高兴!我看见水缸里面映着我的面孔在笑呢。她走出来招呼她家里派来的人,看见我红着一双眼睛,轻轻地问我:

"你在想什么啦?"

我没有告诉她,一边笑着,一遍擦着眼泪,拔起脚来就跑。

因为我生理上的变化,联系到从传闻及小说中所知道的两性关系,使我不能以我喜欢她她喜欢我为满足。而十二岁那年生活的消沉乏味,使我更加专心向她的身上去追求两性关系的秘密。我觉得和她要好不该仅如普通人一般,我们应该有个不在第三者面前公开的关系。因此我每晚睡觉到床上去的时候,就打算着捉住次日的任何机会向她说:

"姊姊,我爱上你了!"

我要她告诉我,在她的心里是不是也和我一样?可是每晚依然使我懊恨,没有足够的勇气,空把当天的机会放过了。

她,每当我从她视线之前经过时,她的绣花针也动作得慢了。于是,我可以从她低垂的额际,透过她那美丽的睫毛,看到一双乌黑的眼珠儿,正在盯视在我的身上,直到现在还清楚地留在我的记忆中。在我们谈笑,或是争论什么的时候,她那个高高的鼻头里面,时常有意的哼几声,表示她对我的讥刺与抗议。那尖锐的声调,配合着她伶俐的口齿,也老在争辩中成为我的劲敌。那双可爱的眼睛,却于笑语声中,异常多情地在我的面上闪来闪去。最使我不解的,就是这双多情的黑眼珠儿,它们在人们的面前,是那样愉快而亲切的注视我。可是每当我和她被留在一个地方时,它们却深深地被盖在睫毛底下,把一腔心事都紧紧锁住。我的心有点儿灰了,我不敢向那紧贴在乌云般的头发底下,玲珑可爱的耳朵,诉说我的爱情。等到第三者来,她那雄辩的嘴又在不断地笑语了。曲线异常匀称的肩背,就在她的笑声中很动人的摇荡起来,可爱的眼珠儿又那样有力地撩动了我的热情。

我为她颠倒得不能自持了。有一次我等着一个空儿，拿出所有的勇气来，大胆的握住她那嫩藕一般的手腕。我抚摸着，感到一种刺激心灵的温度，我的全身颤动着。她虽然很柔和地，然而睫毛始终覆着那双黑眼珠儿，我终于没有勇气说出我预备好的话。我逃开了，一颗心还振荡了许久。

我像犯了一次罪恶似的难受，又像是得了宝贝似的高兴，这一晚我兴奋得不能入睡。我又担心那美丽的、尊严的睫毛底下的黑眼珠儿，或者因为我的粗暴，不再理我，不再顾盼我了。

第二天我一起来，就等待她的宽恕或是责罚。然而从她的顾盼间，我没有得到一个肯定的回答，它们表现着忧郁而自然的神气。昨天的幸福好似留给我们一层轻微的烦恼。我们和以往不同了，深恐给人家猜破了我们的关系似的，两人都感到一种拘束，使我更不如以前亲热了。

她是否接受了我的爱情呢？——这是我有如获得至宝以后，要想以事实来鉴定的一个疑问。

这一天母亲走出玩了。我在书房里看见她独自一个在院子里摘花儿。我壮起胆子来轻轻地喊了她一声,向她招招手。这真使我高兴,她走到我这儿来了,笑着问我做什么。

"爱你,姊姊!——我。"

我怯弱地,而又断续地从心里挤出这几个字来。我的一双眼睛疑问而期待地注视着她的脸。她那双黑眼珠儿闪电似地和我的接触了一下,一阵温柔而害羞的微笑,夹着霞光似的红晕涌上她的面颊,乌黑的眸子便深藏在尊严的睫毛中去。我把身体更靠近她,我听见她细微急促的呼吸,嗅到她肌肤上醉人的香气。我兴奋地握住她丰润的手,周身继续感到轻微的振动。我又问她:

"你呢?"

"嘻嘻。"她突然笑了,黑眼珠儿射出羞怯的亲密的光。

"爱我吗?"

她没有回答,却动人地点一点头,嘻嘻地走开了。

我从紧张沉醉的情绪中醒转来,心头感到高度的快慰,合上眼睛,默想着,不让这些消逝了去。

过去读到"夜半无人私语时"这一句诗，使我发生无限的神秘之感。我想，假如她有一天夜深人静，走来和我私语，那是多么的幸福哩！

这一个想望是终于实现了。母亲不在家，年老的厨娘睡了，我偷偷地走进她的卧室，摸到她的床边，用一双冰冷的手抚摸着她的脸，她从梦中惊醒来：

"哪一个？呵！"

"嘻，嘻嘻。"

"看你的手冻得这么的冰人！"

"嘻嘻。"

"当心受凉了，快睡进来呵！"

我被裹到温柔的被窝去，随后温软的唇接触着我的颊，我们紧紧的拥抱着，我们便唧唧哝哝的，没有休止，没有范围的私语着。我俩都沉醉了。我想，那诗句上所说的私语，就是这样拥抱的甜蜜的私语。

天空的月儿渐渐地西沉，银色的光从窗口偷进来，我看见现在她脸上的微笑，和波动的唇，说着醉人的话。

这样两夜，三夜，四夜，母亲回来了，我们才恢复了原来睡眠的时间。

在这样的夜里,"柳下惠坐怀不乱"的典故,和传统思想关于所谓淫乱的攻击,在我的脑里有强大的拘束,同时我们未和异性接触过的身体,都是异常怕痒的,身体上的神经,使我们在任何的接触之下,都要笑得不能忍受。这样我们就止于甜蜜的接吻,拥抱,与私语,我们没有突破思想上的拘束力,也没有感到乱的必要,我们也不想在甜蜜的里面加上一些苦味。

我们也曾谈到我们的婚姻问题,我问她:

"你愿意和你的未婚夫结婚吗?"

"唉!你想我会愿意么?"

"花轿抬到你的家里,你去不去哩?"

"那是没有法子呵!"

是这样哩,我们两个都是没法的孩子,就让我们的爱情在那样的高度终止了。

她离开我的家以后,我的生活骤然地黯然起来。我终日在想念她,怀念着我俩的过去,为这些滴落我青春的眼泪。

社会上一般的情形,更贫困了,盗匪也风涌起来。姨母家里被打劫以后,便举家都搬到城里来。第二年我曾到姨母家里去住了两个月。她也在这一年的冬天出嫁了。

这一年的苦闷消沉的生活,正如那没有主人的大宅院一样,寂寞无聊。

阿　顺

娟子今年十三岁了，住在一间长方形的厢房中。周围的陈设只有几架书，一个有九只抽屉的书桌，那是檀木做的，还有盘龙式的香几，上面供着一只古代的朱色花瓶。房中虽无长物，在好净洁的娟子看来，极为丰满，极为舒适了。因为她的窗下，是一个花园，有几株艳美的芙蓉，长得蓬茂，叶做掌形，花似海螺，卷皱层叠。早上开的是白色，在朝阳中摇曳，那种清逸的情致，确使娟子站着凝神定睇，把早上好光阴消磨过去。

娟子一看见那终年穿着短衣、白发红颜的阿顺在灌

溉着,还拿着大剪刀,在修理花枝,那时娟子快活的笑了起来,从房里跳出来,和他说话:

"你也爱这些花么?"

阿顺慢慢转侧他的头也笑着对娟子说:

"这是一种纪念——这是太太种的。太太在的时候喜欢种花,庭房前许多牡丹、紫荆、玉簪,都是她亲手栽的。那时候,我比现在年青得多,手脚敏捷,常帮着太太搬盆,掘土,倒水。种在花盆里的花,每天早上都搬到太阳底下去晒,黄昏又搬到廊下。天天这样,没有一天间断过。以后几年,太太病得厉害,那些职务全由我去做。"阿顺眼里闪着喜悦的光,仿佛又回到年青时候了。

娟子这时候,脑中也闪出矮而胖、好动作的祖母的神情来。祖母心地慈祥,可是在盛怒的时候,脸色就很严厉,桌上的杯器常在她的盛怒中牺牲了,所以大家都怕她。娟子幼时很柔顺,又好乐,祖母最爱她,但看了祖母生气的神情,时常发生厌恶之心,因为祖母一生气,嘴不留情,往往使她的母亲陷入困苦中,时常躲在房中饮泣。娟子确爱她的母亲,看见她受气恼,心中就十分不快,所以祖母生一次气,心重的娟子,就有好几天不愿意亲近祖母。

她的祖母爱看稗官野史和种种小说,每天早上看报,而且好清洁,娟子记忆中常爱着祖母的好习惯。所以阿顺一提到她的祖母的往事,使她陷入沉思,记起七年前她的祖母死的一天:她在学校里正在上课,仆人来接她回家,不告诉她理由,只呆呆地跟着仆人走,到家时听见她母亲和许多人的哭声,自己立刻也哭着了。当时为什么哭连自己也不清楚,等到看见祖母的尸身,只是害怕,自己也好像并不哭得厉害。

阿顺一边剪着花枝,一边又和娟子说她祖母的故事。娟子的祖母最爱的花是兰花,年年托人到南方来买,用蒲包扎着带到北方来。然而兰花到了天寒的北方,只能够开一次,过了一个冬天,一定冻坏了。为了这些常常使她的祖母想尽方法,可是终归无效,所以后来决心不再种兰花了。

阿顺年近八旬,很是健谈。假如你要抽出功夫和他谈话,他总是和你慢慢的谈天,从不厌倦的。而且他在娟子的家里已经做了四五十年,娟子家里事情,他一概清楚，甚至于娟子家里的房子地皮多少长，多少宽，他可以在掌上画得很清楚给你看。他常常和人家说，在娟子家里吃了四五十年的饭，不是白吃的，娟子的家就是他自己的家，没有一样他不关心的。

他说，娟子这家人家厚道，所以现在少爷们都升官有财气。而且这也是祖上积下的阴功。说到阴功，他常接着讲一件故事。

他说，娟子的曾祖父兄弟两个。两兄弟住在一处时，总是娟子的曾祖父吃亏的。后来东院里造好一所新房子，就分开住了。弟弟走的时候，把房子里的窗子全撞破了，房顶也撞破了，地板上放着一只篮子，一只破碗，一根棍子，意思是说他走了，这家人家就该讨饭了。

分家的时候，当然又是强横的弟弟分的多。新房子三进连着三丈大的园子，四处当铺，加上南街西街两爿南货铺糕店，都分给他了。

但是到了年下节下，弟弟仍旧举着刀来找哥哥，哥哥却吓得向小屋里躲。庭房旁边有一口假立橱，开了橱门，里面有一间小屋子，那是特意做的，便是年下节下哥哥躲着弟弟的地方。唉！那种日子真难过！

他一谈这个故事，就连连地摇头，诅咒那强横的人。

阿顺没有娶过妻，他的父母早亡，只有一个弟弟，名叫阿魏的，在霍家做长工，有时来看他。

听说他历年积蓄的钱，都给了他的弟弟，给他弟弟造上三间瓦房，娶了妻子。他自己仍旧住在娟子家里，不肯回家。他很爱他的弟妇，每年回去一趟，从城内买着许多东西，都是给他弟妇的。

他的弟妇不会做鞋，也不会做衣衫，乡里的邻人常在他面前讲，他不但不说他的弟妇不好，还要说，那是人家妒忌他的弟妇。说人家都是穷出身，他的弟妇是大户人家的婢子，见的多，闻的多，吃惯了的，那是改不了的。

所以乡下人谣言他和弟妇爱上了。自从这个谣言出来，阿顺更少回家了。

娟子因为家里的人都看重阿顺的忠实，所以也很爱和他谈天。

阿顺虽然老了,但看他剪枝灌水的神情,都不很费力似的,娟子在旁边对他说:

"今天不要太忙了,明天也来得及做呢。"

阿顺不听,唠叨地说:

"这几样芙蓉还是从东院井旁移过来的,当年枯死了,只剩了这些枯根。我用厨房里洗鱼洗肉的水倒上了,第二年就活过来了,现在居然开了一大堆花了。我当年也没有想到洗鱼肉的水有这些好处,不过偶然实验着的。"

太阳已经歪到墙上了,使娟子梦醒似的想到,这些白净的花,将由粉红变而为深红,过了几天,就要变为紫黄的憔悴了。娟子常由这些花的变化,感觉人生也是一样的昙花一现,生得快,憔悴也快。娟子无力地对阿顺说:

"花是娇艳可爱,可是不耐久,不几天就坏了。"

这一句话,引得阿顺大笑地说:

"并不是什么花都一样的,不过这棵醉芙蓉却是只能开两三天。然而有种花要开三四次花,谢了还是有得开的。"

娟子看见瓶里插的菊花,经过许多日子还开得很好,因此相信他的话是真的。

"太太在的时候,最喜欢坐在这里,一面看书,一面抽着水烟……"

这些话确使娟子想见祖母的清逸趣味,祖母大约终日看花,看书,抽水烟,有时生气骂人,没有人敢违拗她。据羡慕她的人讲起来,总说她是一等有清福的人。因为祖父是相当有声誉的人,而且和祖母感情很好。只是祖父最不赞成她抽水烟,不赞成她生气骂人。祖父常说,抽水烟费钱又费时间,于身体有害,生气骂人,是损人不利己,人应该和平,不该容易动气。不过祖父这些议论有谁去听他呢?

后来,祖母的身体更不好了,不仅是抽水烟,而且又抽老叶烟。所以祖父常叹气,他说他做官数十年,审过多少罪犯,也做了不少利人的事,一个家庭到他手里竟很难改好,真是惭愧。

祖父在房中叹气,有时阿顺在窗下做事,听了也不觉地叹着气。有些人批评祖父太专制,太顾小节。阿顺时常不平,暗中生气。祖父说的对,阿顺没有一次说不对的。他是祖父的忠实信徒。

阿顺为什么不娶妻呢？他曾说过不娶妻的理由。第一是养妻子，他赚的钱有限。第二是看见的悲惨的家庭太多。他说人一娶进妻子，背负加重了许多，男的像一头牛，无论风雨都在外面找钱，女的像猪一般的生了许多子女，一天一天的加重丈夫的担子。阿顺不愿意做一头牛，去养一头猪。

他的伙伴常笑话他，说他是一个古怪的人，自己不娶亲，却欢喜他的弟妇。

娟子的细心的脑中，不住地想着阿顺的主见，和他伙伴的话。看了阿顺的粗老的手里握着剪刀，用气力轧轧地剪着树枝，不一会，那墙下几株芙蓉，均修得枝清叶净，他仍旧不知疲倦，拿起剪刀要到书房院里去。因为那边有棵核桃树，比房子高不多，可是很粗壮，绿叶密叠，有一横枝恰恰压在屋角上，几乎把屋角压塌了一块，年年要找瓦匠来修理着。为什么不把树枝锯下一些？阿顺也这样提议过。

娟子为了年年有生嫩的绿皮白仁的新鲜核桃吃，很希望树繁茂好多结些果，所以并不赞成锯树。阿顺的提议没有人赞成，却为了那树是娟子的曾祖父手里种下的，是一个纪念物，栽树的人不在，遗留的老树也更珍贵了。

阿顺做完一件事，总是快活得很。他向着书房路上走去，一路上把剪刀掷到天空又用手接住，这样的玩意儿，一路做了去。娟子在后面跟着，看见剪刀飞到空中去，掉下来的时候，吓得娟子大叫，以为剪刀一定把阿顺的头刺破，但好端端地在阿顺手里接着，一点危险也没有。

太阳在上面给了树许多恩惠，树的影子投在地上，又使那些怕见太阳的娇花得到恩惠了。

阿顺将剪刀向衣袋里一插，顺着树根就一直爬上去了。他坐在树枝上，轧轧地开始剪起来了。娟子没有那样的本领，只是站着望他，觉得好无聊。还是阿顺提醒她，说是书房床沿下有一把小剪刀，她可以拿来，帮着他将树根上那些虫窠剪下去。

细心的娟子在树根找着虫窠，找了半天，仅仅找着一两个虫蛹似的虫壳。娟子用剪刀横着划了一阵，虫壳竟不碎的掉下来，树皮上有些白绿的斑疮，在娟子眼里看着很美丽，留着不动。

这时娟子的确羡慕上树，觉得阿顺的工作很有味儿。坐在高高的树枝，一边可以望着墙外面。这样想着，双脚也上了树，两手攀着树根，但再想向上跨，两手却不知攀着什么，一松手掉下来了，吓得阿顺大声的说：

"我已经剪好了，姑娘，你不要爬树吧。"

娟子跌了一跤，很轻快的起来，并没有跌痛，将身上的泥土拍了一阵，手也揩干净了，自顾自的坐在阶沿上，看见阿顺从树上下来。他顺着根溜下来似的下来了，就坐在树根旁。他又像背历史一样的口吻说：

"你知道这树的来历么？"

娟子从来没有听人说过关于这树的话，连连摇头表示不知道，希望他快讲。

阿顺叹了一口气说：

"这真是老话了。几十年前，我那时虽然像一个成人，但当时看见祖老太爷亲手种这棵树，也觉得好奇。因为有多人都劝他不要种，说是一定种不活的。祖老太爷爱种花又爱养鸟，那时家里养着许多种花养鸟的人，我也是一个小帮手。

"他有一次从三太爷那边拿来一个鲜核桃,把核桃外面一层多水的绿肉捣碎了,顺手就泡在水缸里。过了几十天,居然长出芽来,就从水缸拿出来,种在这块地方。后来知道种活容易,结果很难,曾祖父种的树,到了曾孙这一辈才尝着核桃的味儿,你们如今才有核桃吃呢。"

阿顺讲完站起来,抱着娟子,像抱小孩似的,说:
"刚才你跌痛了没有?"
"没有。"娟子答,脸庞都红起来。

天上飞过几只乌鸦,不住嘴的喊过去了。

傍晚时候,阿顺吃着花生米,一边拿着一块块的纸,教娟子折叠许多燕子,立在晚风中去放,拿起一只纸燕子向嘴边嘘的一吹,两只指头把燕子向空中一送,纸燕子便远远地飞去了。阿顺不但会教娟子折燕子,有月儿的时候,他还常坐在核桃树底下去吹箫,一直吹到月亮躲在云里不再出来的时候。

那年的冬天,他的弟弟阿魏来了,说乡间有什么会,要唱戏三天,有许多亲戚来看戏,希望他的哥哥也回家去住一个月,使大家团圆一下。

阿顺那颗孤寂的心,忽然温暖起来了,很喜悦的答应弟弟了。

阿顺要回家,他的伙伴们也忙个不了,有的买两斤糕饼,有的买些栗子送给他。娟子家里送他的是一袋小米和黍米,还有一袋白面粉和一块咸肉。阿顺还有一个小布袋挂在裤带上,很重,有人说那是他累年积下来的钱。

那天,天亮不久,天边挂着素月,山头上出现一片五彩的光。阿顺已经在房里穿上他的长棉袍,等他弟弟赶着一辆牛车来接他时,他便喜悦的上了车。他的弟弟坐在车沿上,扬着鞭把他带走了。

从此以后,娟子看着芙蓉开一批,谢一批,然而看不见那穿短打的红颜白发的阿顺去灌溉了。核桃树结了的果子,给大家吃完了,树枝长得更高了,阿顺仍旧没有回来。

阿顺临走时说,只回去住一个月的。为什么还不回来呢?家里的人都这样奇怪着。

三四个月之后,大家渐渐把阿顺忘了,他的屋子里住了新来的花匠,把阿顺留着的树根和叶子都拿出来,送到厨房里当柴烧了。

月亮有时高挂天空,箫声再不飞扬了。娟子却时常想他,问祖父说:"为什么阿顺还不回来呢?"

祖父说:"叫人下乡去打听打听吧。"说是说着,终没有实行并没有派人去。

半年之后,阿顺的死信证明了,那是他在弟弟的家里,有一天喝醉了酒,睡在弟媳的床上,给乡下人捉住打了一顿,受伤死了的。

祖父叹了一口气,骂着"该死!"家里的人也再不提阿顺了,只有娟子凭窗望着小花园里的花,总想起阿顺,她家里的人,没有一个像阿顺那样亲热地抱过她。

大学教授

沈教授一早起来,对着镜刮胡子。他的夫人寒鸦女士,悄悄地走到他的后面,看了一会,用纤纤的指头点了一点沈教授的脸,说:

"漂亮极了,哥哥。"

寒鸦女士一直叫沈教授做哥哥。其实,她不仅是沈教授的妹妹,并且还是他的学生,是高足。说来,是三年前的事了。一个夏天的晚上,寒鸦女士到沈教授的寓所去问功课。那时沈教授一个人孤零零地住在一个和尚寺里。沈教授团团的脸庞,忽然发出色欲的光芒,寒鸦女士就成了他的临时伴侣。外面是潇潇的大雨,夏夜是苦短呀,不知不觉已经东方发白了。

那一天以后,他们俩就如影随形,不离跬步了。学校的同学都窃窃有闲话。但,沈教授所教的是艺术学校,艺术学校的学生,无论男女,照例比旁的学校的学生浪漫一些吧。因为裸体模特儿看惯了的。

是一个秋夜,沈教授和寒鸦女士都已经成了模特儿了,在床上。他们俩住的是和尚寺的西院。

忽然地,外面有哔哔剥剥的叩门声,还有三五人们的语声,那语声,沈教授和寒鸦女士都觉得很熟,是艺术学校的学生们。

沈教授觉得急起来了,寒鸦女士也觉得有点发抖,但那并不是秋夜凉的缘故。沈教授一翻身穿起睡衣,顺手把寒鸦女士向床下一推,悄悄地说:

"不要动。"

于是,他堂堂皇皇地开了房门了。五个学生走进房来,东张西望的。

沈教授安然地说:

"你们来有事吗?"

"来玩了。"一个说。

"来看看先生。"又一个说。

"来看看柳寒鸦女士——"有一个顽皮地说。

沈教授觉得有些赧然。脸孔一红，随即装出无事的神气，说：

"密斯柳吗？多天不见了。"

五个学生脸上都显出默默的冷笑。

沈教授坐在床沿上，觉得有点震动。他无意地说：

"秋夜渐渐凉了。"

说着，他把睡衣的下身一拉，他的不穿裤子的双腿也就掩起来了。

五个学生坐了一刻，觉得没有奇迹可以发现，便悄悄地走了。沈教授关起房门，把寒鸦女士从床底拉起来，已经是泪水淋漓，不像人样了。

但，不久，他们就同居了。又，不久，沈教授官运亨通，荣任上海路局专员，他们就迁家上海。

可是乡下艺术学校的课，仍旧兼着。他每星期去乡下一次，住上三天。

这是次二年的春天，他剃光了胡子以后，寒鸦女士

在沈教授的剃光了的脸上吻了一下,并且说:

"你路局里的三百五十大洋,明天我想去取来了。可是你认识孙次长,为什么不去找个大点的官做做,把劳什子的教授丢了,倒不快活些。"

"这是我的兴味。教授是清高的事情,一做了官,便不清高了。"

"不清高也罢,只要有钱好了。你做专员,倒不是官?"

"做专员,不过是拿干薪罢了。这是人不知鬼不觉的勾当!一做了官,就大家知道,是不妙的。我决意一身献给艺术,不去做官。"

"你谈什么艺术,好久一张画也不画。"

"不画有什么要紧。我谈的是艺术理论。"

"理论是骗人的。"寒鸦女士忍不住骂他。

"艺术就是骗人的东西,你还不知道么?老实头是没有做艺术家的资格的。"

沈教授打上领结,把领结打得大大的。一个黑领结就像一只大黑蝴蝶一般。他把他的头发烫得卷起来。为了要打破目前争论的沉闷,他说:

"鸦,我走了之后,你怕闷,去找我的外国朋友跳跳舞吧。"

"你不在上海,我懒得去跳舞。"

"那有什么要紧。你跟着我,应该学些法国脾气,不该再像乡下姑娘一样。"

"沈,我舍不得离开你。"

寒鸦女士拉着沈教授的手。

"不要怕寂寞,不过三天罢了。"沈教授说。

"可恨是每周都有三天——"

沈教授把嘴放在寒鸦女士的嘴上面,她便不能再说话。

太阳光从窗上映到房内,映得寒鸦女士满脸通红,而况如今又正是良辰美景的奈何天呀。沈教授已经喊了洋车到乡下去了。

寒鸦女士觉得有说不出的寂寞,她觉得一定不能再让丈夫这样再去做教授了。她想,等他乡下回来,一定要和他再拼命。想着,想着,她倒在床上睡去了。

只有太阳光仍旧在窗上映着她的通红的脸。

赌徒李三

青蓝的天幕上,点缀着零落的小星。一阵微风吹过,引起那幽静的竹子,轻狂的慢舞了。

月亮是在那里半掩半推地涌上来,野鸭在小溪里扑得一声的跳下了。

农人的小泥屋子里,闪出一盏半明半灭的灯光,看见一个黑影子,是一个老婆子的影子,她手里端着一箩热腾腾的饭,放在一张桌上,有三四个粗孩子都围拢来了,争先恐后的举着手要吃的。

做母亲的到了这时,好像没有办法似的说:

"孩子们,你们去望望爸爸吧!他还没有回来,你们怎样可以先吃呢?"

孩子们的手都掉下来了,大的望着小的说:

"咱们一齐去找爸爸回来!"

一群有三四个,穿得还整齐,从矮门里涌出来,嘴里嘘嘘的吹出尖声,向一团黑暗的树林里穿过去了。

老婆子这时面对着昏暗的灯光坐了,她望了望墙上挂的锄头,轻微的叹了一口气,脸上现出悲苦,眉尖挤出一条深沟了。她用粗硬的手抹一抹眼睛,又拉着蓝布袖子擦了一阵,然而泪光闪闪,仍是继续的流下来。

忽然那边一团黑暗的树林,婀娜轻舞起来,撞出几个燕子似的孩子来。月亮照着他们的黑头发,活泼的姿态,真叫人想着他们的童年时代,是充满了快乐的天真。

他们后面跟来一个五十多岁的长瘦男子,后脑上挂着一条结好的辫子,穿了一件蓝短夹袄,挺着腰子走来。

孩子们跑得快,跑到家里对母亲说:

"毛伯伯来了!"

"爸爸呢?"老婆子抹抹眼睛,赶着出来了,迎着说:

"毛伯伯,吃过饭了么?"

"吃过哩!"

"阿大的爸爸,三天不回家,田也不种,不知到什么地方去了。"老婆子说了,又忍不住抹着眼泪。

"啊,今天早上在我那里拿了两毛钱去,说是到酒店里去吃杯酒的。"毛伯伯手倚着头,坐下,这样说了。

阿大睁大了眼睛,望着毛伯伯,心里想起爸爸的情景:

阔背脊的爸爸,酒喝饱了,红眼睛,红脸颊,额头上现着树枝一样的青筋,常常是从古镇上一路回来,跟跄的撞到家来,一进门就扑在桌上,呼呼地睡着。母亲和弟弟抬他到床上去,有时还挨了一个巴掌,打得弟弟哇的哭了,母亲也忍不住饮泣了。

阿大想得呆了,灯光照着他两颗珠子大的清泪,嵌在眼眶里。

"毛伯伯,你知道爸爸在哪里喝酒么?"阿大的喉头,好像有一块硬的东西钳住了。

"孩子,他早上说是喝酒去的,这样晚了,总不会在喝酒了。"毛伯伯说时,也长叹了一声。

"唉!米是没有了,今晚吃了,明天只好饿肚子。锄头挂在墙上,很久不用了,田是被水淹着,长满野草了。"老婆子说着,眼里又涌出热泪来。

毛伯伯瞧见桌上的冷饭,说:

"你们还没吃晚饭吗?"

"唔……孩子早饿了,我没有教吃,怕他们爸爸回来没得吃。"

毛伯伯看见两个七八岁的孩子,倚着凳子都睡着了,只有十四岁的阿大还坐在门槛上,照着一身的白的月光,对阿大说:

"你吃饭吧,明天的米到我家里来拿!"说着,在月光底下走了。

老婆子一阵心酸,忙靠在墙边,拉过来一张破竹凳子坐了,心里是像被野兽咬着的难受了。

毛伯伯从阿大的面前走了以后,就一直的向黑桥走着。

黑桥是一块比较热闹的地方,种田的人,一到了晚上，就常到这里的茶店坐下，和朋友谈闲天。好赌的，就聚在一块赌起来了。有的掷状元红，有的抹纸牌，有的推牌九，那是很热闹的。

毛伯伯的家是住在黑桥的北首的，他回家一定要经过这个热闹的窝巢。毛伯伯走着，心想李三也许就在这个地方呀，我去找找吧。

毛伯伯走到一个小茶店门口，向里望着，看见三四只半明半灭的烛光，每一只烛光下都聚着几对圆大的黑眼睛，也辨不出是什么人来。听见三颗骰子掷在一只碗里，发出明朗的响声，围着的黑影子，就扰动了一阵。有一个人长叹着说：

"今夜的手气真太坏了！"

毛伯伯随着这熟识的声音找过去，看见满脸黑胡子的李三，正坐在方桌的上座，举着手又要向碗里投下去了，说：

"这回捞捞本钱！"

听见骰子又在碗里朗朗的响了一阵，大家的眼睛看定了，说：

"李三又输了。"

这时李三垂头丧气，可是心里还希望翻翻本，举着手又要投下去了，说：

"这回看看老子的本事！"

毛伯伯忍不住了，走过去拉住李三的手说：

"李三，你在这里么？不要赌了，这样晚还不回家吗？"

"唉！本钱捞不转，是不能回去的呀！"李三对着大众说。

"明天再来翻本呀，先回家去看看他们去！"毛伯伯劝着他。

李三对着这位向善的朋友，只是摇摇头，又坐下来了。

毛伯伯心想：今天又在这里赌起来了，劝都劝不回了，怎么办呢？忍不住的又说：

"李三，你听朋友的话么？"

李三睁着圆大的眼睛，望着碗里，好像什么也没听见，站起来又坐下了。

毛伯伯抱着一个寂寞的心，向着月光走了，从黑桥旁的柳树下穿过去了。

赌徒李三在黑暗的屋子里,仍旧举起手把三颗骰子投在碗里,说:

"来一个状元红呀!"

可是,他失望了,来的仍不见一个状元红。袋里一摸,钱是没有了。于是,他把阔的包肚解下,向腰底下一围,将裤子褪下来,向小店老板换了四百个铜板,仍旧坐下,赌着,一直到那铜板都从手里溜出,才跟跟跄跄的跑回来。

深夜的风,本来不十分冷,可是李三不知为什么,总觉得有点发抖。他走得很快,不久便到了家。

黑漆漆的,推进门去,孩子们都睡了,半明半灭的灯光,现出的是一个老婆婆的悲苦影子。

"吃饭了没有?孩子们等你,都饿得不得了,只好吃了。"她望望李三,又说:

"裤子呢?"

"裤子,老子输掉了!"

"唉,裤子也输掉吗?那条裤,是比较新的,做了不到两年呢。"

"老子输了裤子,关你鸟事!"

老婆子哭着,说:

"米也没有了,田里都是水,也不去种田,饿死是一定的了。"

李三大骂了:

"种田,种田,米价不值钱,不够纳粮,也不够还账!"

老婆子说:

"也好,大家等着饿死也好。"

老婆子接着哭,哭声震破了黑夜的寂静。忽然听见"拍拍拍"的掌声,接着阿大也打醒了,他哭了起来,却叫了一声:

"爹爹!"

(附记)这是一个真实的故事,是我听见我母亲讲的。有一天,我告诉内人曙天,她便随笔写下,叫做:《阿大的爹爹》。我觉得她写的不完全,因花了一个下半天,写成这篇小说。

编后记
AFTERWORD

2013年4月下旬,我把《章衣萍集》的初校稿发给竹峰后,长长地舒了一口气。我对竹峰说,后面的事,除了看一下大样,其余我就不管了。竹峰说,好。我所以对竹峰说这样的话,不是推卸责任,实在是力不从心,觉得有些累了。而竹峰那么干脆地说好,大概也是出于对我的高度理解和体贴。我俩从2010年起议编《章衣萍集》,从一开始打算精益求精只选一册小品文,到后来惊叹于章著之浩繁,拟出八卷目录,再到最后确定只收原创文字,形成五卷的格局,不知不觉都快三年了。这三年时间过得真快,好像除了上班工作,就是四处搜寻、整理、录入、校对章衣萍著作，其他什么别的事都没有干，也没有时间和精力去干。回头想想，在一段时间内，把全部业余时间集中起来，心无旁骛地做一件事，也很有意思。

选编《章衣萍集》的倡议由竹峰发起。那时我们经常谈鲁迅，谈周作人，谈梁遇春。当某一天又一次谈到章衣萍的时候，竹峰忽发奇想地说："大哥，我觉得章衣萍的小品文写得真好，是大手笔，其品位不在梁实秋、林语堂他们之下。我们来编一本《章衣萍集》吧，名字就叫《枕上随笔》。"对于竹峰的倡议，我觉得很有道理，立即表示赞同。

对于章衣萍，我的兴趣由来已久。我的喜欢章衣萍，没有太多的理由，好像只是觉得这是一个怪潇洒的人，有些多愁善感，有些风流倜傥，一句话，就是有较重的文人气。早在上世纪90年代，当时我还在宣城教育学院工作，开设了一门地方志选修课，在所拟的题目中，就计划了一篇讲章衣萍的。我之所以打算讲一讲章衣萍，第一，因为在鲁迅的日记和文章中，屡次提及这么一个人，觉得好奇；第二，他是绩溪人，自1987年绩溪县划入宣城地区后，也可以堂而皇之地说，章衣萍是宣城人了。但最终并没有开讲，其原因，现在想来，大概除了从鲁迅文章、日记中所得的有限了解外，那时对章衣萍可谓知之甚少，以至无法开口。1997年3月22日，也就是在我购买《古庙集》之后的第九天，我来到章衣萍家乡——绩溪县北村。那一天，陪同我的是县委宣传部的程渡生科长，他对章衣萍也几乎一无所知。在乡长助理邵秋芬的带领下，我们来到北村下街61号，朝拜了这座章衣萍度过了童年岁月的老宅。木讷而且方言难懂的章菊萍女士热情接待了我们。她是章衣萍胞弟章洪刚的小女儿，1949年出生，她所知情况不多，只能出示一册绩溪县文史资料，上面载有他父亲所写的一篇《章衣萍简介》。这份后来经考订许多史料有出入的简介，大大丰富了我对章衣萍的了解，几乎可以说，是发生了质的飞跃。这次实地考察之后，章衣萍走到我的读书世界前台，开始占据一个比较突出的地位，遇见新出的著作要购买，与朋友谈天时会提及，技痒的时候会拿他作一个题目写出所谓文章。直到2006年博客风起，在网络上结识到竹峰，章衣萍成为我们共同咀嚼、品味的精神食粮。

《章衣萍集》的文献搜集工作十分艰辛。渠道主要有三个。一是搜集改革开放后所出的新编或重印本。其中最早的是汉语大词典出版社1993年11月出版的"海派小品集丛·章衣萍集"《随笔三种及其他》，此后有1994年4月东方出版社所出的《窗下·枕上·风中随笔》，1994年5月河北教育出版社所出的"中国现代小品经典"《古庙集》，1996年4月花城出版社印行的"三四十年代中国婚恋小说系列"《情书二束》，大众文艺出版社2005年1月出版的"中国现代散文经典文库"《李叔同章衣萍卷》、"中国现代小说经典文库"《章衣萍》，中央民族大学出版社2005年5月出版的"现代名家名作"《章衣萍作品选》。除1994年以前所出的三种属于较严谨的出版物，其他几种均乏善可陈。第二是通过网络检索。主要是通过百度搜索引擎和孔夫子旧书网，了解章衣萍的生平、创作情况及坊间可以寻觅到的章衣萍著作。通过这个渠道，我搜集到章衣萍的《樱花集》、《青年集》、《秋风集》、《衣萍书信》、《倚枕日记》等代表性著作复制本，购买了章衣萍编著的《中国名人故事》原版本多册和翻译作品《苦儿努力记》。第三是到复旦大学图书馆、上海图书馆等机构查阅复制。考虑到章衣萍主要活动区域在北京、上海、四川，因此选择了复旦大学图书馆、上海图书馆、华东师大图书馆、重庆图书馆、国家图书馆作为查阅的主要阵地。从我所见到的各图书馆检索目录看，复旦大学图书馆所藏最全、最多，重庆图书馆次之，上海图书馆、国家图书馆又次之。因此，《章衣萍集》所录文稿多以复旦大学图书馆所藏版本为依据。

章衣萍是一个多面手。他不仅创作小说，写了大量小品文，出版了几册诗词集，还有好几种古籍的点校和外国作品的翻译，并应上海儿童书局的约请，编写了数十种历代名人故事。他的小说创作，最有名的自然是《情书一束》、《情书二束》，此外篇幅较大、比较具有小说意味的，是《友情》，可惜只是一个"半部书"，仅见上部的10章。在上述几种之外的小说创作，都是零头散篇，曾经编成《衣萍小说选》出版。他的小品和散文创作，是他整个创作的主体，也是最见水平、最富个性的创作，如前所述，计有小品《随笔三种》、《古庙集》，散文《樱花集》、《青年集》、《秋风集》，此外的零散创作收入1933年初版（1947年再版）的《衣萍文存》（一、二），这次编辑时，也都基本收入。章衣萍是中国白话诗歌最初的创作者之一，主要原因，自然是和胡适同乡的缘故。那时，他和在北京、杭州的几个绩溪小同乡胡思永、汪静之、曹佩声（诚英）、胡冠英、程仰之等，书信往还，诗歌唱和，颇有几分诗歌发烧友的派头。胡适曾讥讽他们这样下去，"饿也要把你们饿死了"，告诫他们："你们做那些没有底子的诗，何不专心学英文？"但是，学着《尝试集》，一个个竟然颇做出一些成绩来。章衣萍把自己最初的诗编成为一册，取名

《深誓》，那是对一段刻骨铭心的爱情的纪念。后来又增加几首，以《种树集》重新出版。他所作的词，数量有限，编辑成册的有《看月楼词草》，以及入川后所写的一册旧体诗集《磨刀集》。大概是为了响应胡适的提议，章衣萍认真地自学英语，达到可以阅读英文原著的水平。先后翻译了《少女日记》（与铁民合译），《契诃夫随笔》（与朱溪合译），法国莫奈德著《苦儿努力记》（与林雪清合译），英国威尔斯著的《未来世界》（与陈若水合译），奥地利斯奇凡·蔡格（通译斯蒂芬·茨威格）著《一个妇人的情书》，迈尔士著的《怎样做父母》（与秦仲实合译）。以今天的眼光看，其水准是极其有限了。我在最初拿出的编辑计划中，打算收入一两种，以便一睹衣萍翻译的风貌。但考虑到阅读效果起见，特别是多数均与人合译，最后割舍了。受胡适（或者亚东图书馆）的影响，章衣萍也学着做了一些古籍点校，经他点校的有［宋］朱敦儒著的《樵歌》，［明］谢肇淛著的《五杂俎》，［明］袁中道著《珂雪斋近集》，［清］张潮《幽梦影》，与沈亚公合作点校了［清］襟霞阁主人著《霓裳续谱》，均由中央书店出版。

20世纪30年代初，浙江余姚人张一渠创办上海儿童书局，约请一批作家编写儿童读物。章衣萍以其文辞简短、口语化，被朋友们认为最适合撰写儿童读物。他因此在《中国名人故事》的总名下，编写了《孔子》、《陶渊明》、《诸葛亮》、《班超》、《洪秀全》等30多种儿童历史读物，也有些是与夫人吴曙天合撰。为了增加儿童的阅读兴味，尤其是让读者更多了解自己，他还撰写了《我的祖母》、《我的儿时日记》、《给小萍的二十封信》等近于传记的作品。还撰写了《儿童作文讲话》一类帮助少年读者提高写作水平的理论著作。

在创作之外，章衣萍另有书信、日记和理论作品问世，如《衣萍书信》、《倚枕日记》、《作文讲话》、《新论理学》、《修辞学讲话》等。他的书信和日记都可以作散文读，自然也可以归入散文一类。理论著作基本上都是他的教学讲义，或在讲义基础上整理而成，大量引用各种参考文献，难免掉书袋之嫌，但总体看，也还颇见自己观点，一些表述也还生动有趣，这次编辑时，将两种代表性的也收入了。

章衣萍是"五四"后期新文坛小有名气的作家，也是顶级文人圈中熟络的人物。但他的创作与纯粹"作家"不同，从前述介绍中可知，他既不专精于小说，也不专情于散文，诗词也属偶一为之，真正潜心创作的时间,其实有限得很。但这并不是说他的作品不够专业,相反,无论小说、散文、小品,乃至诗词,都在水平线之上。其小说,描写男女爱情之赤诚、大胆,批评世相之认真、热烈,在当时文坛,可谓"极端";就写作技巧言,他的小说不事雕琢,用通俗的白话,讲述"自己的故事",带着很强烈的"自叙传"色彩,颇能引人入胜。但限于年轻和生活阅历,其小说内容的狭窄、单一是可想而知的。按照他对新文学初期创作成果的评价,这自然都是因为"幼稚",在所难免。出人意料的是,他的散文和小品,直逼"经典",达于一流,虽不可与鲁迅、周作人、郁达夫等顶级作家相提并论,但若从性情之率真,文笔之老道,乃至所记内容之高广,则均可以"名家"视之。已故复旦大学教授许道明说,章衣萍"是道地的小品作家,他的小说也写得如同散文一样"。又说:"(章衣萍)作为《语丝》中人,他练就了社会批评和文明批评的身手,但同时摆着风流名士的派头写着名噪一时的《情书一束》。"在创作闲适(有时乃是激愤)的小品文之先,受时代潮流和身边人物影响,章衣萍创作了一批白话新诗。他的新诗主要歌颂爱情,也有一些记录家庭变故、朋友离散等日常琐碎,属新文学初期创作中较富影响的作品,他也因此被新文学大系收入。他新诗的主要成就,是学《尝试集》学得像,并且能完全用自己语言表情达意。也许是时代风气和文人积习所致,章衣萍发表了不少书信和日记,那些私密性很强的文人尺牍和日记,多数可以作随笔、小品看,"创作"的痕迹十分显明。

在编校过程中,颇为头疼的有三大问题:一是标点符号的滥用,二是手民之误,三是英文的征引。到二十世纪二三十年代,新式标点的使用已经有了些年头,但仍然很不规范,就章衣萍的创作看,逗号、顿号、分号、感叹号、问号、省略号,这些最常用的标点符号,许多地方都用得不很恰当,尤其"细菌"、"弹丸"(张耀翔语)——感叹号的随处乱用,省略号的超长连用,好比白粥里夹着一些稗子、砂子,总让人不舒服。因此,在校对过程中,尽量予以改正。由于那个时代的著作绝大多数均采用铅印,手民之误在所难免,凡被发现的,均作了纠正。章衣萍的英文以自学为主,但达到可以通读原著的能力,这是了不起的成绩。但在他的创作中,因排印的错误,英文的引用(主要是部分外国人名、作品名以及部分英文诗歌)往往造成阅读的障碍,在校录过程中,做了力所能及的改正。

《章衣萍集》得到众多友人的帮助。在这些朋友中,第一位功臣,当属复旦大学的怀清兄。八九年前,因为梅光迪,怀清携其夫人朱丽叶、小女想想来到宣城,我们得以见面。此后,因梅光迪而胡适而章衣萍,我们彼此间保持着密切的联系。所谓"联系",几乎全都是我向他求教的过程,而在他,则全都是帮助我的过程。2010年秋,我刚开手编辑《章衣萍集》的时候,他让新招录的研究生、也是我安徽师大的校友张新璐同学,花了许多时间帮我到图书馆查阅相关资料,教我用"书生"软件打开PDF格式的章衣萍作品,不厌其烦地回答我的问题,使我能够较全面地了解到章衣萍创作的概况。后来,随着学业的加重,新璐同学"淡出"了我的视野。去年春上,当编撰工作即将告一段落,我向怀清问起她的时候,被告知已经考取朱文华老师的博士研究生。怀清不光指示学生帮我,自己也屡次帮我查阅,并在学校图书馆规定允许的情况下,代为复制了部分作品。2011年夏,我专程去上海图书馆查阅章衣萍资料,顺道去复旦大学,在怀清的帮助下,第一次走进复旦大学图书馆,见识了洋洋大观的文科书库。根据目录索引,终于见到几种章衣萍作品的复制本(民国版图书皆以复制本出借,查阅原版需另办理手续,到教师阅览室或特藏部阅读)。怀清让我选定需要复制的几种,并在随后几天，就给我邮寄来了。去年3月，本书即将"杀青"时，我发现《衣萍文存》、《衣萍文存》（二）中尚有几篇文章未曾收入，需要补入。此时，又是怀清利用他作为图书馆咨询委员的职务便利（他同时声明，也不得因此而坏了规矩），帮我用拍照片的方式，找齐了所需的11篇文章。令我感动的是，为了使我能够看清，特别是为了将光点不落在同一处，每一页都拍了好几幅照片，使我在校对的时候，不费吹灰之力，就轻松完成了任务。

令我感动的还有几位不曾谋面的朋友。国家图书馆韩玲女士，系一个小友的同学，得知我在四处查找章衣萍的东西，不惜牺牲时间，费许多周折，帮助复制《友情》，查找《柳眉君情书选》。在本书进入校对阶段，通过电话查询，联系上了重庆图书馆咨询部的唐伯友先生，他是西南师大现代史专业毕业的研究生，应我的请求，代为查找了章氏作品的不同版本，同时为了确认章衣萍死讯，还帮我查阅《中央日报》等相关资料。对于他的帮助，我表示十分感谢。他却说："都是读书人，应该的。"一句朴素的话，令我更加感动。中国现代文学馆的徐俊先生，也是一位"幕后英雄"。因为他写有《情书一束》初版本辨证的文章，我便顺藤摸瓜联系上他。结果也与重庆图书馆的唐先生一样,本着"管理有规定,学术无禁区"的原则,给予我最需要的帮助。

《章衣萍集》的编辑出版,还得到文新报业集团原党委书记缪国琴(曾任上海图书馆馆长)、四川师范大学教授龚明德,安徽大学历史系教授陆发春,上海图书馆办公室主任余江,绩溪胡适研究专家胡成业,章衣萍侄女章秀萍、外孙胡东、曾外孙胡亮等人的关心和帮助,在此一并致谢。安徽大学出版社将《章衣萍集》这样的"冷文献"列入出版计划,表现了高度的人文关怀和宽广的学术胸襟,对此,我也深表感佩。

由于我们是完全凭着热情在做这项工作,而且文献的搜集、录写、初校等所有任务,都只能利用业余时间来完成,因此,不妥和错漏之处一定不在少数,敬请读者特别是研究专家批评指正。

书　同
2013年10月7日初稿
2015年6月26日定稿